JN128682

愛情漂流

第一部　感情漂流

1　理沙《リサ》の場合

娘を幼稚園に送り届けた後、もう一人の自分がいけないことをする。

いつからだろう、晴れた日の光りに後ろめたさを覚えるようになって、シャネルの黒い大きめのサングラスをかけるようになった。

スマホの待ち受け画面に並ぶ娘と夫の笑顔はその後ろめたさの隠れ蓑《みの》に過ぎなくて、幼稚園の裏手の公園で彼へのメッセージを書き込む時は必ずそのサングラスで遮光する。

待ち受け画面を見ないようにまずそっと鞄《かばん》の中に手を突っ込み、スマホを起動させたらすぐ手探りで画面をスライドさせて、一度ホーム画面にしてから取り出すという細やかな神経の遣いよう。

二人はラインやメールではなく巨大掲示板を使ってやり取りをしている。

夫があたしのことをどれくらい信用しているのかわからないけれど、ジュンジュンとの関係が深くなりだした頃から一応用心のためスマホの待ち受け画面を夫と娘の写真に替えた。

夫は妻のスマホをいちいちチェックするような嫉妬《しっと》深い性格ではないけれど、あたしが夫と娘の写真を待ち受けにしていることは知っている。

ラインのメッセージが通知されるたび数秒画面が明るくなる。メッセージは待機画面の上に現れる。

待機画面に自分と娘の愛らしい笑顔が現れるのだ、嬉しく思わない夫などいない。

まさかそんな写真を待ち受けにしている妻がそのスマホを使って外で他の人と性愛に勤《いそ》しんでいるだなんて想像するはずもない。

でも、こういう演出もやりすぎると怪《あや》しまれるのでなるべく恥ずかしがるようにその待ち受け画面を素早く、さりげなく、つつましく一応隠すようにしている。

暗黙の愛というものをあたしは夫に見せつけ、同時にジュンジュンとの関係を、今のところ、隠し通すことに成功している。

ジュンジュンの気配や匂いが家族の周辺で立ち込めぬよう用心と警戒に怠りはなし。

あたしとジュンジュンと夫の芽依汰《メイタ》とジュンジュンの妻の早希《サキ》の四人は、早希が招待をしてラインのグループを構成している。

そこでのたわいもないやり取りや特に幼稚園が一緒のお互いの娘たちについての情報交換も言わばあたしとジュンジュンの性愛の隠れ蓑となっている。

二人だけでラインをやり取りすることはしない。

夫と早希はグループライン以外でもしょっちゅうメッセージの交換をしているが、不倫をしているあたしとジュンジュンはグループライン以外で繋がることは絶対にしない。

でも、ジュンジュンのことを好きになっていけばいくほど、この嘘《うそ》や工作が早くバレてくれないか、と思うようになってきた。

バレては困るのだけど、時々、こそこそしている自分に情けなくなる。こそこそさせているジュンジュンに腹が立つ。

抱き合っている時に感じるリアルなものを毎回無かったことにする日々に耐え切れなくなってきた。これは絶対によくない、と思うようになってきた。

堂々と交際をしたいという恐ろしい考えに支配されるようになってきた。

いっそ肉体的交わりが一切ない夫婦関係なんかぶっ壊れてしまえばいいのにと考える。けれどもそういう時に限って、娘の二希《ニキ》が、抱っこ、と甘えた声で抱きついてくる。

娘に悟られぬようため息を漏らしてから、あたしは二希を力強く抱え上げる。

同時に目を瞑《つむ》って、眩《まばゆ》い光りを排除する。

好奇心旺盛《おうせい》な娘があたしの顔を覆う大きなサングラスを外そうとするので、慌てて首を左右に振りながら、

「二希、やめて」

と優しく諭す。

「ミミの家に泊まりに行ってもいい？」

「え？」

「ミミのパパが泊まりにおいでって言ったの」

ジュンジュンが？

ジュンジュンはいったいあたしに何を求めているのだろう。

ジュンジュンの肉体は柔らかい鉄の棒のようだ。皮膚はつるつるしているというのに、その下の肉は硬く引き締まっている。

その隆々とした肉の下にある硬い骨はまるでバネのように強く激しく撓《たわ》み、彼が身体《からだ》を撓《しな》らせるたびベッドもあたしもぎしぎしと軋《きし》んだ。

二人は平日、週に一、二度、昼休みの短い時間を利用して彼が勤めるオフィスに近いラブホテルで交接を持つ。

その日時は前日までにネットの掲示板で指示される。ラインを使わないであえて前

時代的な掲示板を使っているのも、まさか今時こんな方法を逢引の連絡に利用するわけがない、という心理の裏をついた作戦でもある。メッセージは気がついた方が小まめに削除していく。

何より、毎回、履歴を消せば証拠も残らない。

ブラウザも普段はすべてサファリを使い、一方ジュンジュンとの連絡にはクロームでその掲示板にアクセスする。毎回履歴を消している使ってないクロームがスマホに入っているだけなので、怪しまれることもない。

その日は朝からそわそわし昼までウキウキが続いた。

いつものラブホテルの裏口に時間ちょうどに彼は顔を出す。

この厳格な約束に彼もあたしも遅れたことがない。仮に遅れたとしてもそれぞれのスマホに通知を残すなんて愚かなことはしない。

五分待って合流できない場合は手間暇がかかっても必ず掲示板で確認する。

彼のオフィスは目と鼻の先だが、ホテルの入り口が裏路地にあるせいで今のところ誰にも見つかっていない。

一方でこのスリルや緊張感があたしたちを興奮させているのも事実で、部屋に入るなり普段子煩悩で良き父親でもあるジュンジュンが、まるで人が違ったような顔つきになって激しく身体を押し付けてくる。

ベッドに辿《たど》り着くことさえままならず、あたしは閉じた扉に力任せに押し付けられ、後頭部を鷲掴《わしづか》みにされた後、呼吸ができなくなるまで口を塞《ふさ》がれる。

でも、そうされている時、あたしは生きている気がする。そこに強く力で押し付けられる時、暴力的に愛される時、自分は女なのだという気持ちに支配され、切なくなる。

ベッドで押さえ込まれて、押し付けられて、息ができなくなって、これでもかこれでもかと愛されている時に、あたしは生きていることを実感する。

ジュンジュンはあたしの舌先を好んで吸う。あたしはここでも目を閉じ、要求されるまま舌先を伸ばし続ける。

顎の筋肉が痙攣《けいれん》し、時に口の脇から唾液が糸を引くことさえある。

分厚い彼の唇があたしのそれを強く吸い続けるのを我慢しながら、あたしは彼のモノになっている自分の立場を喜んでいる。

その瞬間はママであることも、面白みはないが優しい夫のことも、ジュンジュンの妻であるママ友の早希のことも、お行儀のいい母親を演じないとならない幼稚園という窮屈な社会のことも、何もかも忘れ去っている。

柔らかい皮膚に包まれた鋼《はがね》の身体があたしをみしみしと締めあげるのを、気を失いかけながらたぶんこれが幸福なのだと思い込んで、余すことなく噛《か》みしめている。

「ミミのパパがね、お泊まりの後、日曜日に遊園地に連れてってくれるって」

「そうなの？　ミミちゃんのパパが？　ミミちゃんのママじゃなくて？」

「知らない、ミミのパパが連れてくって、言ってた」

「誰が？」

「ミミだよ。ミミのママがミミにそう言ったって」

ジュンジュンと交接を持つようになってから香水を一切付けなくなった。あたしの匂いを彼が彼の家族のもとに間違って届けることがないように。

彼も二人きりで会う日は香りを纏《まと》わない。無味無臭の間柄だが、石鹸《せっけん》の香りにうっすら混じった野性的な男の汗の匂いが好きだ。

彼は射精をした直後、驚くほどに汗を掻《か》く。あまりに大きな声を出して果てるので、死んでしまったんじゃないか、と最初は驚いたが、その放熱の直後、全身がべったりと濡れる。

この人にこんなに愛されたのだと実感するほどに強烈な汗が噴き出す。

その湿り気が愛《いと》おしい。濡れた背中を抱きしめながら、こんなにあたしは愛されている、と思う。

だからあたしは彼のその濡れた皮膚を舌で舐める。舌先に感じる粉っぽい塩気には性愛のうま味が混ざっている。歯を立てて、胸元の肉を噛む。

歯形をそこに焼き付け、この人を自分の領土にしたいという欲望に支配される。

ジュンジュンは早希にあたしの歯形を発見されないよう振る舞うはずだ。ジェラシーと支配欲が交錯し、あたしの顎先には自然と力が籠《こも》る。

歯形は刻印のように何日もそこに残り、その間、ジュンジュンは少しでも光りのある場所で早希を抱くことができない。

いったい自分はどうしたいというのだろう？

こんなことが許されるわけがないのに、後ろめたさはあっても悪気というものを感じることがないのはなぜだろう？

「ものすごく不毛なのよ」

とあたしはジュンジュンと抱き合った直後、彼の耳元で囁《ささや》いてみた。

「どういう意味？」

「出口がないでしょ、この関係には未来がないもの」

「未来って、そんなの必要？　今がよければそれが一番じゃない？」

「そういうのを不毛と呼ぶんでしょ？」

放熱の直後、特にジュンジュンの息は荒い。口を開いて呼吸をしている。眼は血走り、どことは言えない場所、それは虚空だろうか、を暫《しばら》く彷徨《さまよ》っている。

汗が引いて、呼吸も、何もかもが少しずつ落ち着いていって、最後にすべてがいつも通りになるまでにだいたい数分を要する。

この人をこんなに興奮させたのは自分なのだ、と思えば思うほどあたしは嬉しい。けれども、いつも通りの二人に戻った途端に、あたしは不安に包囲される。

ジュンジュンのことを確かに愛しはじめてはいたが、その先に行くにはあまりに障害が多すぎてどこかで二の足を踏んでいるのも事実だ。

この性愛だけの関係が続くことに少なからずの抵抗と不満があった。

「二希とミミちゃんはまるで双子みたいだね」

あたしの夫の芽依汰はベッドに静かに入って来て、たぶん、背中を向けて寝ているあたしに向けてだとは思うのだけれど、小さな声でそう告げた。

夫婦なので二人は結婚してからずっと同じベッドで寝ている。二人の間には二希が生まれた頃に大事にしていたキリンのぬいぐるみのソランが寝そべっている。

ベッドの中で二人の身体が触れ合うことはほとんどない。

ある日、ジュンジュンと関係を持った直後、あたしがぬいぐるみを防波堤のように二人の間に置いた。二希が生まれてから、いや生まれる前でさえ、あたしと夫はほとんど数えるくらいしか交接を持ったことがない。

だからそこにソランが横たわっていても、あの人は別に気にも留めないし何も言わない。夫婦というよりも友達のような関係なのかもしれない。

でも、大切に思うのは本当で、家族としての主人を信頼する気持ちはジュンジュンに期待する欲望とは根本から異なっている。

一番悪い奴はあたしなのではないか……。

夫に優しくされる時、娘の二希に手を握られる時、家族三人で食事をしている時、ジュンジュンの妻の早希とお茶をしている時なんかにふっとジュンジュンとの荒々しい交接が脳裏で蘇る。

あたしは自分の罪を自覚する。罪なのに、ときめくのが許せない。

ならばあたしの夫は無罪かと言えばそうじゃない。彼はあたしを女として扱ってくれないし、彼にとってあたしはいつも二希のママでしかないのだから。

でもジュンジュンはあたしを一人の女としてきちんと扱う。ドキドキするのはジュンジュンで、きっと安心を覚えるのは夫の芽依汰だ。

セックスかファミリーか、とあたしは目を瞑ったまま心の中で呟《つぶや》いてみる。

二人の間に寝そべるソランは知っている。

だから、ジュンジュンに会えなかった夜、あたしはソランを抱きしめることが多い。

夫ではなくキリンのぬいぐるみを抱きしめて眠る。

「純志《ジュンシ》さんが二人を遊園地に連れてってくれるんだってね。子煩悩《こぼんのう》な人だ」

夫は気が付いていない。

このまま寝たふりを続けなきゃ……。

あたし一人が悪いわけじゃない。あたしは生きているし、あたしはまだ三十代の女だし、女として可愛がられたいし、このまま老けていくのは嫌だし、ママだけども、ママだけで終わりたくないし、キスがしたい。

「二希がお泊まりした翌日に、純志さんが一人で連れてくってよ、知ってた？　いいのかな？　早希さん行かないんだってね。同窓会とか、きっと何か用事があるんじゃないかな。だったら僕らも一緒について行くべきじゃないか？　純志さん一人じゃ大変だろ？　日曜日だし、時間がある。たぶん、彼は自分が子供を引き受けることで僕らに夫婦だけの時間を与えようとしてくれてるんじゃないかな、優しい人だ」

夫婦だけの時間だなんて恐ろしすぎるし、二希のいない日曜日にあたしは芽依汰といったい何をすればいいのか見当もつかない。

ジュンジュンはどうして子供たちを引き受けて、あたしを夫と二人きりにさせようとするのだろう。

彼はあたしの夫にやきもちを焼くことはないのだろうか?

あたしはたぶんジュンジュンの奥さんにやきもちを焼いている。

仕方がないとは思っているけれど、時々、幼稚園に早希とジュンジュンが二人で子供を送りに来ることがある。

その情報は事前に掲示板で通知されているのだけれど、実際に二人が並ぶ姿を見るのはやっぱり辛い。

あの二人はあたしと芽依汰のようにセックスレスなのだろうか?

それともジュンジュンは早希のこともあたし同様可愛がっているのか。

でも、きっとああいうキスは早希とはしていないはずだ。していないはず。

ジュンジュンは早希に求められ義務のように早希を抱いているのに過ぎない、と推測する。もしかするとあたしとの交接を反芻《はんすう》しながら早希を抱いているのかもしれない。

毎晩、二人はどんな夜を持っているのだろう。

ジュンジュンが早希の要求を満たす姿を想像し、あたしは仄《ほの》かにジェラシーを覚えた。

その時、予想外の言葉があたしの妄想を遮断させた。

不意に夫があたしの腰に背後から手を当ててきた。

「会社を辞めたいんだ」

芽依汰があたしの背中にくっついてきた。これは異常事態だ。

「理沙、寝てるの？　失業することになるけど、構わないかな」

「芽依汰……」

「ずいぶんと悩んだ結果なんだ。もっと早く相談したかったけど、でも、もう無理なんだよ、ちょっと疲れた」

「どうするの？」

「転職する」

「どこに？」

「それは、ちょっと休んでから考えたい。迷惑をかけるけどいいかな？」

「なんの迷惑？　金銭的な？」

「転職先はいくらでもあるんだよ。でも、今は仕事をしたくない」

夫に背後から抱きしめられ、あたしはどうしていいのかわからなくなった。

夫の腕の中で息を殺し、じっとしているしかなかった。

仕事したくない、ともう一度呟いた後、夫は不意にあたしの首筋にキスをした。

それは何年ぶりのことだったろう。

彼の薄くて冷たい唇があたしの首筋に押し付けられた。あたしは思わず硬直してしまう。

キスをされた場所に矢が刺さったような痛みが走り動けなくなった。

すべての神経がそこに集中し、痙攣を起こした。

夫はまるで溺《おぼ》れる人のようにあたしに縋《すが》り付いてくる。

芽依汰の手が次の瞬間、寝間着の上からあたしの腹部に回り込んだ。予期していなかったことがあたしに襲いかかり、さらには「転職」という言葉や「仕事をしたくない」ということの意味が頭の中で暴れて、あたしを思考不能にさせた。

夫はあたしを求めているの？

何が起きたの？

どうしてこんなタイミングで、とあたしは心の中で叫んだ。

二希が生まれてから一度もなかったことだった。でも、彼が求めているものは肉体じゃなくあたしの母性なのだと気が付いた。

なんとか振り返ったらそこに夫の顔があり、キスをするわけでもなく彼はおでこをあたしの頭に静かに預けてきた。

彼の湿った頬があたしのおでこを濡らしはじめる。

溺れる人を見殺しにできるだろうか。

あたしは眠そうなふりを続けて小刻みに震える彼を受け止めなければならなかった。傘も持たず樹木の下で雷雨が去るのを待つような気分で。

仕方なく彼の背中に手を回し抱きしめた。

妻としてできることは？　妻としてやれることはなに？

この人のためにできることを誰か教えて……。

捲《まく》し上げられた寝間着、硬くなった彼自身が強引に乾ききったあたしの中に踏み入ろうとする。けれども、ジュンジュンの肉体を受け入れる時のような許しあえる状態にはならない。

あたしの門は固く閉ざされ芽依汰を完全に拒絶している。

芽依汰はあたしの肉芯を開く鍵を持ってない。鍵穴を見つけることのできない孤独な鍵が、その扉を開けることもできぬまま闇の中で硬直している。

その次の瞬間、芽依汰はあたしの胸に顔を押し付けて号泣した。

「じゃあ、会社を辞めちゃうの？」

早希が昼下がりに幼稚園の近くのいつもの喫茶店のいつもの席で訊《き》いてきた。

彼女の長い髪の毛は艶《つや》やかでよく手入れがされている。

あたしはショートボブで顎のラインを隠し少しだけ勝気な印象を与えている。

少し前までは長かったが、ジュンジュンが早希とは違う髪型を要求したので従った。

「そうらしい」

「転職先はどこ？」

「暫く失業保険で」

「働かないの？」

「あたしが働こうかなって思ってる」

「どこで？」

「どこかな？　昔やってた編集の仕事にはきっとすぐに戻れる」

「うちの人に相談してみる？」

ジュンジュンは今急成長中の人材派遣会社に勤めている。

あたしは早希の目を見つめた。この人はあたしのことを信用している。そういう安心しきった目が心苦しくさせる。

二希が幼稚園に上がった時、そこで初めに仲良くなったのが早希だった。

幼稚園の中では一際目立ったたし、すらっとしていてカッコよかったたし、クールな笑顔やそのファッションセンスが他のお母さんたちとは全く違って素敵だった。

子供を産んで育てている人には見えなかった。こうありたいと思って近づき、友達になった。それがはじまりだった。

早希はじっとあたしの目の奥を見つめてくる。誰にでもそうしているに違いないが、この人の暗い目には妖しい魅力が満ちていて、相手にいろいろな誤解を与えてくる。

ジュンジュンもその意味を取り違えた一人かもしれない。

どんなご主人を持っているのだろう、と彼女と出会った日に興味を持った。

いったいどんな切ない恋愛をしてきた人なのだろう。

ジュンジュンと関係を持った夜、あたしは早希に近づけたと興奮した。

アイドルの家を発見したファンの心理に似ている。

「いや、大丈夫よ。昔の同僚が編プロを経営しているから」

「オッケー、困った時はすぐに私たちに言ってね、家族同然なんだから」

あたしはじっと早希の目を見つめる。……家族同然？

早希は穏やかな表情であたしを見つめ返してくる。焦りのない、ゆとりのある、何か悟った人の目だった。

欧州の古い肖像画のような、額縁の中で永遠に微笑《ほほえ》み続けていられるような、懐かしい記憶を帯びた、憂いがあるのに覚醒者の目をしている。

少し虚《うつ》ろだが、人を見透かしているような目……。

すると早希は前触れもなく、というのか迷いもなく、テーブルに置いたあたしの手を上からそっと握りしめてきた。

そのぬくもりに、こんなに体温の高い人だったの、と改めて驚かされた。

もっと冷徹な人だと思っていたからかもしれない。

あたしを安心させるために手を握ってきたのだろうと最初は思ったが、いくら待っても手を離さない。なんで？　どうして……。

その時間があたしたちの関係を少しずつ変化させていく。

十秒が過ぎ、三十秒が経《た》ち、二分が流れる頃、彼女の存在がそれまでの、ちょっと憧れのある同世代のママ友というだけのイメージから違う感情の形へと変質した。

あたしは自分たちの繋がれた手を見下ろした。あたしの手を覆う早希の手の甲の皮膚の下にうっすらと浮き立つほんのり青い血管が見えた。

透明感のある皮膚だからか、そこを流れる青い血までがよくわかる。

彼女の手があたしの手を安心させるように優しく揉《も》むたび、その血管が消えたり現れたりを繰り返した。

シミ一つない手入れの行き届いた艶やかな女性の美しい手。

なぜ、ジュンジュンはあたしのようなみすぼらしい普通の女を求めるのだろうと恥ずかしくなった。この結び合う二つの手は、どこか外国映画の一場面のようにも思えた。

光りの差すテーブルの上の二人の女の手……。

彼女がとった不意の行動にドキドキした。このドキドキはジュンジュンに対して持つ感情と似ている。

早希はジュンジュンとどんな交接を持っているのだろう、とまたもや考えてしまった。

この人はどんな夜の顔を持っているというのか。

ジュンジュンとこの人との関係を知りたい、見てみたい、と思った。

頭の片隅に、夜のベッドの軋む音が響き渡る。

暗がりの中、ミミちゃんが寝た後の深夜とかに、ジュンジュンはあたしにするように早希を激しく抱きしめているの？

体温の高いこの人の身体の中で彼の硬直した本性が力強く波打っているの？

あたしはいつも彼の海原で漂流をしている。

その波が激しくなるたびに、その腰が激しく波打つたびに、あたしは人生の海原で方向を失ってしまう。

早希はどうだろう。その時、この人はどんな声を漏らして夜を震わせているというの？

寝ているミミちゃんに聞こえないよう、下唇を噛みしめて声を出さないよう、我慢しているのだろうか。それともあたしとは違ってこの人は聖母のように穏やかな顔で、目で、気持ちで、彼の興奮を包み込んでいるのだろうか。

何故だろう、あたしは早希の淫《みだ》らな姿を見てみたいと思った。

その相手はジュンジュンなのに、あたしは不思議にもジュンジュンに愛される早希の影絵を想像してしまい、思わず興奮を覚えた。

「ショートボブ、似合うね」

早希は顎を引き、凛々《りり》しく強く黒い瞳であたしの薄い茶色い目のど真ん中を射貫いてきた。

ありがとう、と呟いたが声が掠《かす》れて最後の方が音にならなくなって逃げ水のようにどこかへと消えた。

「前からちょっと言いたいことがあった」

「……なに？」

「その、驚かないでよ、あなたにちょっと関心があるの」

不意に心臓が飛び出しそうになったが、悟られぬように逆に顎を突き出し、平静を装い、動じてないふりを整えてから見つめ返した。

あたしにできる精一杯の行動でもあった。

ジュンジュンとこの人の性愛を見抜けるかもしれない。ジュンジュンにもっと愛されるためにはこの人を攻略するのが早い気がした。だから、あたしは早希を見つめ返した。

一番悪い奴はやっぱりあたしなのかもしれない。

早希があたしの手の甲を優しくさすりながら、

「理沙のこと、もう少し知ってみたいのよ」

とさらりと言ってのけた。

これは思わぬ展開だろうか？

それともあたしはこうなることをどこかで、或《あ》るいは最初から気が付いていたというのか。

あたしは純真な少女のようなそぶりで、どんな風に？　と訊き返してしまった。すると早希があたしの手を上からさらに強く握りしめて、

「あなたはどんな風に男を好きになるのかしら」

と甘く囁いた。

2　芽依汰の場合

辞めると決めたら、その瞬間から不意に身体が軽くなった。

辞表を書いて、上司に渡した。

前々から退職すると決めてそれに向かっていたわけではないので、心の準備が万全というわけではなかったが、それでも辞表を手渡した瞬間、生き返った気がした。

専務まで出てくるとは思わなかったけれど、疲れたので辞めたい、と気持ちを押し通した。

やりかけのプロジェクトはどうするんだ、と専務が言った。

「君がいないとこのプロジェクトは成功しないし、君がそもそも立案者じゃないか」

もっともだったので、退社後もやりかけの仕事だけは引き続き協力する、と伝えた。

久しぶりにウキウキする気持ちになったが、転職先を決めてるわけでもないし、将来の人生設計に基づく退社でもないので、晴れ渡る気分とは言い難かった。

「理由はなんだよ」

直属の上司が訊いてきた。

「ただ、やめたいんです」

「ヘッドハンティングされたんだろ？　社長がそれ以上の条件を出すと言ってる。それだけ君は必要とされてるんだよ」

「ありがとうございます。ただ、一度、全部やめたいんです。それ以上の理由はありません」

川沿いの造成地に取り壊される直前の古い給水塔があった。

僕は有給をとって、平日の昼間そこに登ってみた。

前から一度登りたいと思っていた場所だった。

周囲は造成地で、そのど真ん中にぽんと聳《そび》えていた。

ここら辺一帯が再開発されて商業施設ができるというので、取り壊される前にどうしても登っておきたかった。

そのてっぺんに立って手を広げた。穏やかな風が吹きつけてきてシャツがはだけた。

毎日、コンピュータの中を覗き込んで生きてきた。それはそれで嫌いな仕事ではなかったが、その仕事を通して意味もなく接続された陸地に上陸しなければならないのが苦手であった。

あまりに眩い太陽の光りに僕は微笑みながら目を細めてしまう。

ゆっくりと瞼《まぶた》を閉じてみる。光りが眼の芯を押してくる。

眩暈《めまい》に襲われ、思わず足元に力を込めなければならなかった。

「決定的な理由というのはないんですけど、しいて言うならば、カラオケでしょうか」

上司の眉根がぎゅっと寄った。

「カラオケ？　なんだそれ」

「カラオケで歌わされるのが嫌でした」

このところの妻の行動は怪しい。

昨日今日に始まったわけじゃないが、わかっていても僕が彼女に対してそのことを問い質《ただ》すことはない。

妻が奔放なのは結婚前からわかっていたことだし、僕はいわゆる一般的な嫉妬心というものを持ちあわせていないので、妻の行動が怪しいと思っても、だからと言って何か特別な行動を起こすこともできない。

他所《よそ》に好きな人がいるとしても、そもそも悪いことだと思わない。

どうやら僕と別れる気はなさそうだし、所詮《しょせん》子供の火遊びみたいなもの、目くじらを立てることでもない。

むしろ、彼女が外で気を晴らしてくれるのであれば僕は不得手なことから解放されるので肩の荷は下りる。

とはいえ、僕のこのような考え方は万人に理解されることではない。妻が前よりも増して奔放になったその責任の一端は僕にある。愛だけではどうしようもないものがある。

それが性愛なのだと気が付いたのは、二希が生まれた後のことであった。人が離婚の理由によく挙げる「性格の不一致」にも通じる肉体の不一致がその根底にあることは否定できない。

しかし性愛というのは肉欲だけで済まされる問題じゃなく、ここには明らかに心も影響を及ぼしており、僕が理沙の欲望を満たしてあげられないのはつまり僕がそこまでそのことに執着しているわけではないことに端を発している。

二希が生まれた後、僕は残酷にも理沙に告げたことがあった。

彼女が毎夜頻繁に求めてくるので僕はさりげなく、

「もう君は気づいているとは思うけれど、どうも僕はあまりそういうことが得意じゃないみたいなんだ。それでも君は満足できるだろうか」

と訊いた。

「そういうこと」が単なるセックスを指すのか、それとも愛に及ぶのか、理沙にはピンとこなかったようで、その後ことあるごとに質問を受け続けることになった。

「芽依汰、あれはどういう意味？」

しかし男性と女性の肉体関係というものには僕ごときの想像を超える広がりや様々な欲望の指向や重み、愛し方や偏狂があり、そのようなことに僕は最初から興味がないと妻にはっきり告げなければならなかった。

どんなに努力しても自分の内側に動物的で暴力的な欲望を持つことができない。

でも、愛はあるんだよ、と言い続けた。

「理解してもらえるかわからないけど、君を抱かないからと言って僕に愛がないわけじゃないんだ。むしろ、愛だけはある」

愛はあるが肉欲というものはない、ということをどうやって説明したらいいのか、言葉選びが難しかった。

「あなたはあたしがそういうことばかり求めている女だと思ってない？」

こういうことを妻に言わせる男が最低だということもわかっている。しかも、彼女の行動がその後怪しくなるのは目に見えていた。

「もし、僕の愛し方で物足りないのであれば、外で君を満たす人が現れたとしても僕にとやかく批判する資格はないのかもしれない」

「何を言ってるの？」

「残念なことだけど、僕は君と一緒に生きていければそれだけで十分幸福なんだ」

二希が生まれた後、僕たちの夜はそれまでにも増して冷ややかなものとなった。

当然、理沙の行動も謎めいた。

今日、何かあったな、ということは彼女の態度やしぐさや振る舞いや時には立ち込める色気などからなんとなくわかった。

彼女はわかりやすい性格なので隠してもすべてが滲《にじ》みだしてくる。

特に女の色香というものはシャワーを浴びた程度では消え去らない。

これでいいのだろうか、と悩んだこともあったが、これは僕の心の問題だから妻だけを責めることもできない。

甲斐甲斐《かいがい》しくも彼女のスマホの待ち受け画面には僕と娘の写真が使われている。そのことだけでも僕は救われていると思うべきじゃないか。

七十億を超える人間がこの星には住んでおり、その中で偶然出会って成立したカップルが愛し合って結婚したからといって、そのすべての性的項目が合致するわけではない。

夫婦という決まりきった世間一般的な形式が、すべての夫婦を鋳型《いがた》にはめ込みそこに固着させ苦しくさせる。

「感情が漂流してるみたいなんです」

「なるほど、で、奥さん以外の女性に欲望を覚えたことはありますか？」

「妻にもないのだから、女性全般にないです。そもそも欲望というもの自体がよくわからない」

「たとえば、じゃあ、同性とか、違うものに性的な興奮を覚えることは？」

「違うもの？　ないですよ。一切」

心療内科の医師は病気ではないと断言した。

「そりゃそうです、病気じゃありません。だって、子供もいますし」

「感情が漂流するというのが面白いですね。もう少しお話を聞きたい」

「いや、もう結構です。きっとそういうことじゃないんだと思う」

医者に通って解決できることではないことはわかっていた。

でも、試したかった。有名なカウンセラーに相談をしたこともあったが、結局、感情が漂流することの謎を解き明かすことはできなかった。

僕は妻も娘も愛しているが、自分を偽ってまで生きたいとは思わない。

僕が僕らしく生きた上で妻も娘も幸せであるならばそれが一番の理想と言える。

理沙と出会ったばかりの頃、少なくとも彼女は性的な人間ではなかった。だから僕は特に性愛に関して問題視していなかった。

でも、ある時から、彼女は執拗《しつよう》に求めてくるようになった。キスを求められればできるし、セックスだって、二希を宿しているのだから、やろうと思えば、つまり、求められれば可能なのだけれど、それがどうも、しっくりとこない。

そのうち、理沙が性愛の行為を要求してくるたび、どこからか明らかなアレルギーが噴出するようになった。

もちろん、理沙の肉体と重なり合うことには幸福を感じたが、そのソフトな交接以上のものを僕は必要としなかった。

そしてそのことを妻が悟った時から彼女の奔放は外へと向かいはじめた。

けれども、理沙が誰とどのような関係、つまり浮気をしているのかということなど僕には端《はな》から興味がない。

これもよくわからないことだが、僕にはどうやら世間一般で言われる嫉妬心という感情さえない。それ以前に欲望というものがないのだから、浮気相手を問い詰めることさえできないままこの問題はうやむやとなっている。

理沙と一緒に生きることに対して愛や幸福は感じることができても、彼女に欲望を向けることができないのだ。

求められたら可能な限り努力はするが、それは理屈としてそういうものだと知っているからできる、いわば筋トレのようなものに過ぎず、自分の方から性愛を理沙に向けたこと、求めたことは一度もない。

会社に辞表を出したことを妻にはっきりと言えなかったので、二希を幼稚園に送った後、暫くの間、デパートの屋上にある大型熱帯魚専門店に通いつめることになった。

大きな水槽の中を泳ぐカラフルな熱帯魚を眺めて時間を潰した。

頻繁に通っていたものだから、そこの店員と仲良くなった。

「熱帯魚お好きなんですか?」

「ええ、好きです。規則正しく生きてる感じとか、なんとなく群がって一緒に泳いでいたり、疑問も持たずに外の世界をじっと見ているこの目とか」

その子の瞳は青く、髪の毛も青色だった。コスプレイヤーなのかもしれない。

「こうやって、たまにここに通っても大丈夫ですか?」

「うちは構いませんよ。でも、そんなにお好きだったら飼えばいいじゃないですか?そしたら毎日眺めていられます」

「それも念頭に置いて、暫く通ってもいいでしょうか?」

青い瞳と髪の毛の子は笑った。

「念頭に置いてくださっているなら、何の問題もありません」

大学の時に、付き合っていた子と関東の外れの古都の海辺に並んで座り、沈む夕陽を眺めたことがあった。その子にキスを求められたが僕には意味がわからなかった。唇を重ね合わせることはできたが、彼女が燃え上がっているのに僕の感情は平坦なまま動かなかった。キスはただ唇を重ね合わせる行為に過ぎなかった。

その夜、僕たちはラブホテルで関係を持つことになるが、リードしたのはすべて彼女で、僕はと言えば、行為の最中、何をどうしていいのかわからないばかりか、興奮することも、求めることもなく、ただぼんやりと天井を眺めていた。

「芽依汰君ってマグロだね」

夜中にその子が僕に放った一言である。

それはどういう意味かと問い質すと、普通は男の人が女性につかう差別用語だ、と前置きがあった。

「抱き合っている最中、市場に並べられたマグロのように、ぐでんとそこに横たわってるだけの女性のことよ」

理沙も僕のことをマグロと思っているのだろうか。

「マグロは回遊魚なんだよ。マグロは休むことを知らない魚なんだ。ずっと泳ぎ続けている。死ぬまでずっとだ」

もし理沙が性愛の不一致を深刻に受け止めているのならば、なぜ僕と別れないのだろう。

「芽依汰、言ってる意味がわからない」

「だから、僕は回遊魚にはなりたくない。僕は今、ここで自らの意志で止まりたかった。そうすることがすごく人間的で大事な行動だと思う」

「仕事を辞めることの言い訳にはならないと思う」

身勝手に仕事を辞めると言い出した夫のことを妻は呆《あき》れていた。実際にはもう辞めてしまっていること、辞表が受理されていることを僕は言い出せないでいた。

「とにかく、もう少し悩んでみたらどう？　辞めるのはいつでもできるじゃない」

理沙は僕を振り返り、僕の目の芯をじっと覗き込んで、さらに小さな声で付け足した。

「なぜ、あなたはあたしと結婚したの？」

そこには彼女の側の後悔が滲んでいた。

「愛しているからだよ。君と生きることに幸福を覚える。セックスに興奮を覚えない男というのはダメなのかな？」

「ダメじゃないと思う。あなたみたいな人こそ現代的なのかも。でも、あたしは時々、ショックを受けるの。どんなに頑張ってもあなたがあたしに欲望を感じてくれないことに」

僕は性愛を憎んだ。

何故、自分には世間一般の男が持つ、老いても尽きることのない性的欲望がないのか。

「相手からそれなりの刺激を受ければ、肉体は機能する」

僕は娘を幼稚園に送った後、近くの喫茶店で早希に告白した。

「でも、恋愛感情というものが僕にはよくわからない。理沙のことは家族として大事だけれど、どうやらそれだけじゃ男女の仲は成立しないらしい。でも、僕の感情はそれ以上に進展することがないんだよ」

「そういう人たちが増えてるって、何かで読んだことがあるかも」

「違和感がある」

「どんな違和感？」

「セクシャリティに対する違和感かな」

「芽依汰さんの場合はやっぱり相手がいるということが問題なんじゃない？　やろうと思えば可能というのが紛らわしいというか、相手を混乱させてしまうんじゃない？　求められてもしなければいいのだけど、でも、理沙とは夫婦なんだから、ずっとしないというわけにもいかないか」

普段から僕と早希はラインで繋がっており、幼稚園や子供のことを中心に頻繁にやり取りをしている。理沙と純志を交えた四人でグループラインも持っているが、そこでのメッセージの交換はほぼない。もっぱらラインを活用するのは僕と早希の二人だ。早希とは不思議なことになんでも気楽に話すことができる。その理由はわからないけれど、彼女に対しては最初から気を遣う必要がなかった。

或いは、肉体的な交接を持たないでも成立する関係だからかもしれない。

「女性と肉体関係を持たなければ男としては失格、という強迫観念のようなものが小さい頃からあった。それがますます僕を委縮させたし、学生の頃はそのことで心も病んだ」

「じゃあ、どうして理沙と結婚したの？」

「出会った頃の理沙は特に僕に性的なものを求めてくることもなかった。二希が生まれた後、ある日、不意に欲望が芽生えたみたいなんだよ」

「不意に？　違う。きっと隠してたんじゃない？　露骨にそれを出せなかっただけじゃないかな。芽依汰さんは自分に性的な欲望がないことを、きちんと理沙に告白したことあるの？　あなたが持つ違和感について」

「あるよ。もちろん、出会った頃に、その、最初に関係を持った直後に」

「で？　理沙は何と言ったの？」

「僕ができたから、その、可能だったから……。きっとよくその意味を理解できていなかったのだろうと思う。たぶん、僕のことを普通の男性より控えめな人間と勘違いした。それに彼女は明らかに結婚を急いでいた。ずっと婚期を気にしていた。だからね、僕らはほとんどお互いのことを何も知らないまま結婚してしまった」

早希は笑った。僕は肩を竦《すく》めた。

でも、早希とはこういう話を普通にすることができた。一方、夫婦なのに、理沙とはこういう会話は皆無であった。何か僕が言えば、それらはすべて言い逃れになった。

歳月だけが流れ、核心の部分はうやむやのままである。

「危ないじゃない！　降りて！　そんなところで手を広げないで！」

喫茶店を出た後、僕は早希を河原に誘った。そして、見ていて、と言い残し僕は一人給水塔をよじ登った。

「大丈夫だよ。僕は体操部だったんだ。それにここはそんなに危険じゃない。というのか、こういう場所に登ることで、僕は僕の中にもある感情と向き合えるんだよ」

「いったいどういうこと？」

早希が叫んだ。僕はおかしくなって笑いだしてしまった。遠く、地平線の先まで人間の数に比例して家々が続いていた。

僕と早希は河原の土手に並んで座り、照り返す川面を眺めていた。

「ところで、芽依汰さんは気が付いているの？　あの二人の関係」

唐突に早希が口にした。

「あの二人？　何が？」

「うちの人と理沙のこと。あの二人は危険な関係なのよ」

と彼女は口元を緩めながら言った。

3　純志の場合

ミミを毎朝同じ時間に幼稚園に送り届けるのが自分の日課だ。

すると週に二、三回の割合で理沙と顔を合わせることになる。

周囲の目を気にしながら言葉を交わすこともあるし、さっと微笑みを交換するだけの日もあるけれど、その一、二分のやり取りがその日の自分をひりひりさせる。

はじめて門の前で彼女を見かけた時のことが忘れられない。

子供の手を引く大勢のお母さんたちの中にあって、理沙の存在は際立っていた。とびぬけて美人というわけではないのだけれど、独特の佇《たたず》まいを持ち、ちょっと神経質そうで、暗い色の服を好み、意味もなく笑わず、周囲のお母さんたちとはちょっと距離をとって、何より不思議な色気のある人だった。

目が合ってお互いの視線が止まった瞬間に、この人といつか心が接続する、と、なぜだろう、直感した。

その後、少しずつ、二人の視線は絡み合い結び合うようになっていった。

たぶん、お互いが意識したからだろう、視線は頻繁に繋がるようになって、困惑しつつも、日増しに強く引きあうようになっていく。

彼女の視線には手繰《たぐ》り寄せるような誘惑が潜んでいた。

娘たちが同じクラスだからか、じゃれあう二人を通して、彼女とは自然に言葉を交わすようにもなった。

お互いきっと現状になんらかの不満を抱えていたからに違いない。

そうだ、言い訳が許されるなら、自分と理沙はどちらも夫婦関係に問題を抱えていた。

その質や内容は異なったが、どちらも、少なからずの我慢を強いられていた。我慢は不満を招き、不満は欺瞞《ぎまん》を生んだ。

「ミミのパパです。はじめまして」

自分は笑顔で彼女に接近した。

「二希のママです。いつもミミちゃんに仲良くしてもらっています」

理沙は最初僅《わず》かに口元を緩めて通り一遍の挨拶を戻した。

お迎えは妻の仕事だから理沙は早希とも顔見知りであった。理沙を通して早希は理沙の夫である芽依汰とも親しくなった。

理沙と知り合ってからまもなくのこと、彼らの家に家族揃《そろ》って招かれることになった。

子供たちを通して知り合ったから、自分の横には妻がいたし、理沙にも夫がいたので、理沙に対して持ったこの仄かな気持ちを悟られぬよう隠さなければならなかった。家族間の親交を深めている間、自分はずっと視線を逸らし続けることになったが、食後、キッチンで片付けをしている理沙と二人きりになった瞬間、彼女はいつにも増して強い視線で俺のことを見つめてきた。

それは明らかな挑発であり、誘惑であり、意思表示でもあった。遠くリビングルームから子供たちの騒ぎ声と早希と芽依汰の笑い声が届けられた。

けれども俺と彼女は立ち尽くし見つめあった。視線だけが饒舌《じょうぜつ》に語りあっていた。

翌朝、幼稚園の門の前でまずラインを交換した。

仕事の合間を縫って待ち合わせる時間を決め、さらに翌日の午後、仕事の合間に都心のオフィスにほど近いカフェで向かい合った。

その時はもはや確信しかなかった。父親でも母親でもなく、夫でも妻でもない。二人は男と女であるということの……。

「このままあたしたちが次のステップに行くのは間違いだと思います」

理沙は脈絡もなく切り出した。

「あまりに軽率だし、未来がありません」

それは同時に誘惑の言葉でもあった。

「お互いのパートナーのことを考えるべきだし、子供たちを悲しませてはいけない」

「よくそんなことが言えるね、そんなの言い訳に過ぎないよ」

「ルールを作るべきだと思う。家族を犠牲にしないという」

「すでにこうやってここにいることが裏切りだ」

「まだ裏切ってはいません。まだ何もはじまってないじゃない」

「もう後戻りできないと思うけど」

「あたしはまだできます。これ以上困らせないで」

「ずるいな。俺を一人悪者にするつもり？」

カフェを出た瞬間、理沙に不意に手頸《てくび》を掴まれた。そして、そのまま路地の隙間へと引っ張られた。

引っ張ったのは彼女だったが、抱きしめたのは自分だったかもしれない。

理沙の心臓が胸の中心で飛び出しそうなほどに激しく脈打っていた。

どちらからともなく、ほぼ同時に、口づけを交わした。

無我夢中だった。あまりに興奮して、あまりに激しくて、交わった唇がひりひりとした。

でも、あっさりと早希を裏切ってしまったことに自分は狼狽《うろた》えてもいた。

ミミの顔が頭の中を掠めた。その時になって自分がしでかしてしまった罪を悟るのだが、罪悪感よりも欲望の方が勝っていた。

「あなたが誘惑したのよ」

後になって、これが理沙の口癖となる。

「いやそうじゃない。先に君が俺の手を掴んで引っ張った」

罪を擦《なす》り付けあいながら、二人は関係を深めていくことになった。

それが不倫だからだろうか、禁断の恋だからかもしれない、いけないと自分を制御すればするほどにますます気持ちが燃え上がっていった。

二人はお互いのパートナーに悟られぬよう、まず二人だけで繋がっていたラインを削除し、新たに巨大掲示板を利用するようになった。

家族を絶対に傷つけないための秘密のルールを作り、平日の昼間、オフィス近くのホテルで性愛に浸ることになる。

「君が先に誘惑した」

「いいえ、あなたよ」

不意に目の前に出現し、俺の心や肉体をたぶらかすこの魅惑的な女を警戒せずにはいられなかった。

激しく抱き合った後、その軽率な欲望が空っぽになると、自分は横たわる現実に怯えた。

躊躇《ためら》いもなくあまりに堂々と不倫へと踏み込んだ自分の感情が恐ろしくなった。

だから、行為が終わると二人はすぐにシャワーを浴びてそそくさとホテルを後にした。

事態が泥沼化しはじめると、理沙が先回りして保身に走った。

「だって、あたしたち夫婦の間にはこんな性愛がないんだもの、それがいけないのよ」

「俺には関係ないことだよ」

「じゃあ、ジュンジュンは早希さんに不満はないの？　満たされている人がこんなことするかしら」

「あの人、一切俺に関心がないんだ。夫が何をしているのか興味がない。三年前に勤めていたところを変えたんだけど、いまだに新しい会社の名前さえ覚えようとしない」

ヘッドハントされて今の会社に移ったが、そのことを何度説明しても、私にはよくわからないことだから、と取り合うことさえしない。

今の会社がどういう会社か説明したことがあったが、いつだって上の空……。

「早希はそういう人だよ。芽依汰さんは？」

「前にも話した通り、あたしの夫はあたしに指一本触れないのよ。それであたしのことを欲求不満の塊だと決めつけている。でも、生きているんだもの、人のぬくもりが欲しい夜もある。でも、はっきりと言われたことがある。そういうものは外で求めてくれないかって。侮辱するにもほどがあるでしょ？」

「確かに、それはちょっと問題があるね」

「一番悪いのは芽依汰ね」

「待って。誰が一番悪いかは突き詰めない方がいい」

慌てて遮ると、理沙は不満そうな顔をしてみせた。

その時、誰が一番悪いのだろう、と改めて俺は考えた。

妻を抱かない夫だろうか。夫に関心のない妻だろうか？

それとも、娘の友達の母親と関係を持った自分か、或いは妻子のある男を誘惑した理沙か……。

「純志、最近なんか変じゃない？　いつもぼーっとしている」

早希が夕食の後に告げた。

その日の昼間、自分は理沙と逢瀬を持った。ちょうど、その時のことを思い出していたせいもあって、慌てて取り繕わなければならなかった。

「仕事が忙しくて……」

「恋愛じゃなくて？」

不意を突かれ、顔が強張ってしまった。

「変なこと言うなよ。来週、大きな人事があるんだ」

早希は俯《うつむ》き小さく微笑んでみせた。何か疑っているのかもしれない。なんとなく気まずい空気が二人の間を流れた。

バレるようなヘマはしてないはずだが、と記憶を手繰りながら妻の目を見つめた。

「証拠を掴んだわけじゃないけど、なんとなく、女の勘かな」

「証拠？　なんの？」

「最近、何か違ってる」

「何が？」

「まるで違う人を想《おも》いながら私を抱きしめているような感じがするの。あれ、その顔、あたり？　そもそも、求められることが減ったし、一回一回の行為に愛が薄いもの」

苦笑いを浮かべてごまかしてみせたが、心は凍り付いている。

「凄《すご》い想像力だね。仕事のミスが続いていて、ただ疲れているだけだよ。次の人事で自分は降格するらしいから、ストレスもある。家に帰ってまでこんなことで追及されるだなんて、最悪だな」

「あなたの性愛には嘘が混じっている」

「どんな嘘？」

「気付かないとでも思った？」

言葉が続かない。三秒ほどの躊躇《ちゅうちょ》の後、慌てて、意味がわからないな、と否定してみせたが、早希は動じなかった。

「早希さん怖いわね、そろそろ潮時かな」

と理沙がベッドの中で呟いた。

「でも、証拠を押さえられたわけじゃない。あくまで勘に過ぎない」

「嘘はつけないということじゃない？　ルールに則《のっと》って、これで終わりにする？」

「どういうルール？」

「家族は傷つけないというルールを最初に作ったでしょ？」

ついさっきまで激しく交接していたというのに、肌と肌を肉と肉を骨と骨を激しくぶつけ合ったというのに、そのひりひりしていた二人の間が不意に冷えてかさかさと乾き出した。

横にいる裸の理沙に手を伸ばすことが躊躇われた。

「ジュンジュン。なんで、次の日曜日に子供たちを遊園地に連れて行くだなんて言い出したの？」

理沙が不意に話題を変え、こちらを振り返った。

「早希さんは？　彼女も一緒に行くのよね？」

「知らない。二希ちゃんを土曜日の夜にうちで預かる。翌日、その流れで俺が遊園地に連れて行く」

「お泊まりからの遊園地だなんて最悪。あなたが二希を連れ出すと、あたしは芽依汰と二人きりになってしまうんだけどなぁ」

「そういう日があってもいいんじゃないの？」

「嫌じゃないんだ？　あたしが芽依汰と二人きりになるの」

「夫婦じゃん」

「これ、どこでやきもちを焼けばいい話？　ねぇ、ジュンジュンは芽依汰にやきもちを焼くことないの？」

「ないよ」

「だから、日曜日に子供たちを遊園地に連れて行くのね？」

「別に偽善者ぶるつもりはないけど、こう見えて子煩悩なんだよ。ていうか、ミミが二希ちゃんと遊園地に行く約束をしたというから自分の役目だな、と思ったに過ぎない。君たちだって、たまには夫婦水入らずの時間があったっていいんじゃないの？」

「芽依汰と何をしたらいいのかわからない」

理沙が抱きついてきた。試すように、甘えるように、いじわるをするように。

「そういえば、早希さんに口説かれたかも」

理沙が不意にこちらに体重を預けたものだから、自分は重みでベッドに押し倒される恰好となった。

理沙が俺の胸に手を突き、真上から見下ろしてきた。以前はロングヘアだったが、今は思いきって短くカットしたボブがとても似合う。

「口説かれた？　どういう意味？」

「多分口説かれたんだと思うけど、あたしに興味があるって言い出した」

「なんだそれ」

「知ってた？　そういう彼女の趣味」

趣味？　いったい俺は早希の何を知っているというのだろう。

早希と結婚をしてちょうど十年になる。どんな十年だったというのだろう。

二人は若くして結婚をした。どちらかというと俺が彼女を好きになり、必死で口説いた。

自分の一番いけないところは、まずムードや雰囲気に弱いところかもしれない。

その人の本質を見極める前に気が付くと恋に落ちている。恋をしているという空気に酔ってしまう傾向がある。

早希だけに限らず、かつて好きになった子はみんなある意味勘違いがその始まりだった。

何もわからないまま勢いで人を好きになってしまい、現実を知って、後悔するタイプだった。

早希に対して後悔しているわけではないけれど、噛み合わないところが出てきた。

そして噛み合わない原因がよくわからない。

強いて言うならば早希は俺に関心がない。

「早希に同性愛の指向があるとでも言うの？　そんなこと一度も感じたことがない。

何が起きたの？」

「よくわからないけど、奇妙な感じがした。あなたに言うべきか悩んだけど、一人で抱えるには奇妙過ぎるから。でも、悪い気がしなかったの。不思議なことだけど、手を握られた瞬間、こういう関係も悪くないなと思った。ジュンジュンがあたしに求めてくるものとは全然違って、とっても優しかったし、ふわふわしてた」

思わず鼻で笑ってしまった。手を握る？　ふわふわ……。

「でも、なんで君はそのことを俺に打ち明けるの？　自分は今夜、どんな顔で妻と向き合えばいいのさ？　早希に訊いてもいいの？　その、君は理沙を口説いたのかって？」

「ジュンジュンはそんなにバカじゃないでしょ」

「じゃあ、なんで？　こんがらがるし、困るだろ」

「だって事実だし、黙って両方と関係を持つわけにはいかないでしょ？　ねぇ、何が困るの？　あたしが早希さんと関係を持ったらあなたはやきもちを焼く？」

驚き、顎を引いてしまった。関係？

「その気が君にあるの？」

「ないわ。でも、面白がってる、この展開を」

「馬鹿げてる」

「ええ、でも、あたしはあなたがあたしたちの関係をこの先どうしたいのかを知りたいのよ。続けるのか、打ち切るか」

「続けたい」

「ホテルで抱き合うだけの関係なんかあたしは嫌。変化を求めてる」

「どんな変化？」

「たとえば、あたしたち四人は話し合って、一度全員がバラバラになって、再統合して、新しい関係、つまり新しい家族を築けばいいんじゃない」

理沙が俺の胸に横顔を押し付けながら言った。

一度彼女を抱きしめようとしたが、彼女の背中に回しかけた手は意思とは裏腹に動かなくなり、そのまま静かに崩れ落ち、再びベッドの上でぐったりとした。

「再統合って？」

「あたしがジュンジュンと再婚して、子供たちを引き取る」

「早希と芽依汰さんはどうする？」

「あの二人が一緒になるとは思えないけど、でも、ありえなくもない。それならもっと面白い展開かも。そういう風に二人を仕向けることもできる。だって、あの二人はすごく気が合ってる。あたしは知っているの。早希さんと芽依汰は時々、幼稚園の近くのカフェで密会してることを。彼らが一日中、ラインで繋がっていることも。やきもちじゃないけど、仲がいいにもほどがあるでしょ？　いつだったか、芽依汰がボソッと言ったことがある。早希さんとはソウルメイトかもしれないって」

「君はやきもち焼いてるの？」

理沙が笑いだした。俺は呆気《あつけ》にとられて見守った。

「仲がいいのは悪いことじゃない。それぞれの夫婦が離婚した後、間違いなく二人は接近する。芽依汰にとって早希さんはちょうどいい相談相手になるはずよ。まず、ジュンジュンが行動を起こす。あなたたちが先に離婚して、その余波であたしたちも離婚する。その後、彼らが結び付くように仕向ければいいんじゃないかな。タイミングを見計らって、あたしたち再婚するのよ」

欲望というのは心によって支配されている。

あれほど激しく求めあったのに今の自分には何もできないし、理沙に欲望を覚えることが難しくなった。

理沙は子供のことを考えていない。自分の幸せだけを考えている。

それがどこかで許せなかった。

4　早希の場合

私にはずっと忘れられないことと、思い出したくないことがあった。

この二つのことは長い年月を費やし小さく響きあって今の私を構成している。

忘れられないことはもしかすると思い出したいことで、思い出したくないことというのは或《ある》いはずっと忘れていたいことなのかもしれない。

未来の私はきっと忘れられないことによって作られているのであろう。

かつての私は思い出したくないことによって作られていたはずだ。

この二つの記憶が鬩《せめ》ぎ合って混ざり合って今の私を生み出している。

人間はいつも、忘れられなくて、思い出したくない生き物なのかもしれない。

「人間について今日は話そう」

芽依汰に呼び出されていつものカフェで向かい合っている。

この人は男でも女でもない不思議な空気感を常に漂わせており、時代が時代ならば巫女《みこ》とかシャーマンのような存在だったに違いない。

即物的な純志とは全く違うタイプで、動物的な匂いや物欲が一切なく、どんな時も物静かで穏やかだ。私と彼の間には霊的に強く響きあう何かがある。

それは波動とかオーラとか、言葉にするとちょっと如何《いかが》わしい部類に入るエネルギー交換のことだけど、私が感じるその特別なものをどうやら理沙は感じることができない。

この二人がなぜ結婚したのか私にはわからないけれど、もし、私が純志より先に芽依汰と出会っていたなら、私は彼と付き合っていたかもしれない。

それほど彼には不思議な魅力と安心感がある。

「人間には血の繋がり以上に魂の繋がりというものがあるよね」

芽依汰は自信を持って語る。

「先祖から子孫へという時間的遺伝子的な流れは大事だけれど、魂で接続できる人たちがこの世界には大勢いることも忘れちゃならない。僕はそういうものを大事にしている。結婚とか家族とかそういう言葉やルール以上に、魂の繋がりを重視してるんだ」

きっとこういう話は理沙とはしたことがないのだろうと想像する。

私もこのようなことを純志と話したことがない。

多分、ビジネス一筋で生きてきた夫にはわからないことじゃないかしら。魂の繋がりと言ったら、彼は短絡的にオカルトと結び付けるに違いない。

ただ、経験上、そういうソウルメイトと出会う時というのは、決まってそうじゃない人と恋人になった後や結婚した後だったりする。

そもそもソウルメイトと結婚する人は少ないのじゃないかしら。

ソウルメイトが現れるのは決まって誰か仕方ない人、前世からのしがらみなんかを今生《こんじょう》まで引きずった人と交際を始めた直後だったり、出産や結婚の後だったり……。

芽依汰の隣に立った時、おや、と思った。顔とか姿とかを認識する前に、何かふわっとした霊的な気配が先に手渡され、ぞくっとした。

何だろう、と不思議に思っていると、

「へぇ、もしかして見えたりするんですか」

と芽依汰は誰に向かってというわけでもなく口にした。

慌てて周りを見回すとこの言葉を受け取ったのは私だけであった。

だから、私は、

「見える時もあるけど、見えない時もありますよ」

と自分でも何を言ってるのかわからない奇妙な返事をしてしまった。二人はほぼ同時に笑いあった。ほぼ初対面なのに。

そこへ娘たちが走ってやって来て同時に、ミミが私の腕の中に、二希ちゃんが芽依汰の腕の中へと飛び込んだ。

「子供が好きなのは、ここに一切の嘘がないから。そして、この子を抱きしめる時、僕はこの世界に生まれてきたことを感謝せずにはいられなくなる」

その直後、彼が私に伝えた言葉だ。

訥々《とつとつ》と語るその声の感じとか、二希を愛おしそうに抱きしめるこの痩《や》せた男の体躯《たいく》とか、何かあらゆることをただ欲もなく受け止めている存在というものに、私は自分の娘を抱きしめながらも、いいなぁ、この感じ、と思ってしまった。

いいなぁというのは恋とか愛の対象ではなく、なんとなく腑《ふ》に落ちる人が現れたという嬉しさに他ならない。

なんでもかんでも他人との関係を恋愛や損得に関連付ける人が多い。

でも、ただ気が合う人というのが大事で、私はそういう人たちにこそ囲まれて生きていきたいと常々思ってきた。

純志は彗星《すいせい》のように物凄い勢いで私の前に突如現れ、私のことを力の限り口説きまくった。

彼が思う幸せの概念をすべて言葉にしてみせ、私をうっとりさせようとした。

自分と結婚したらこんなに素晴らしいことが待っていると輝かしい未来や蓄財を提

示してきた。

そんなのはどうでもいいのに、と思いながらもその時の私には他に選択肢がなかった。

というのも事故で他界した恋人の三回忌も終え、その傷がほんの少し癒え始めたタイミングとも重なって、私は一人で生きることにくたびれていたし、ちょっとだけ誰かに甘えたかった。

いつまでもメソメソしていてもしょうがない、そろそろ自分も人生を見直さなきゃと思い始めていた矢先に純志が現れ、気の迷いも手伝って結婚を選んでしまった。

果たして純志は私のために昼も夜も頑張った。

そんなに頑張らなくてもいいのにと思うくらい彼は私を愛してくれた。

これでいいのかという迷いはあったけれど、実際彼と生きることは何も決めなくてよいという道であり何よりらくちんであった。

もう恋人は作らないと思い込んでいたせいもあったので、自分を笑わせようと頑張る純志はあの時期一番心を預けやすい存在となった。

彼は私のすべてを求めた。

毎晩フルコースを食べるような感じで次から次に尽きない愛の行為が繰り返された。

その全力投球の愛は本物だったと思うし、わかりやすかったし、ミミが生まれた時にこれこそが幸せなんだと私も勘違いをした。

でも、人間はずっと全力投球で生きていくことはできない。

全力投球しか知らない人は休むことができないし、軌道修正も簡単ではない。

そもそも私はそんなにセックスが好きではないし、他人とべったりすることも苦手だ。

登山家だった前の彼は自然の中でストイックに生きていた。

たまに会う時に彼から貰《もら》う自然の波動が私のエネルギー源でもあった。

元カレは蓄えと暇ができると山に行ってしまった。もちろん、一緒についていく時もあったけれど、基本は一人で登るのが好きだった。

あとで見せられた写真で彼がどれほど危険な登山をしていたのかを知った。

一度、崖に吊るされたハンモックで寝ている写真を見せられたことがあった。

同じような登山家が撮影した一枚だったが、ハンモックは垂直にそそり立つようにしか見えない断崖の中ほどにロープでぶら下げられていた。

眼下には氷河に削られたカールと呼ばれるおわん形の地形が広がっていた。雪を頂く美しい景色だったが、同時に死が隣り合わせにあった。

彼と交際している時、いつも今回が最後かもしれないと思いながら彼を送り出していた。そしてある時、ついに恐れていたことが現実となった。

一方、純志が語る経済の山登りについてはチンプンカンプンなことばかりだった。株価チャートの山脈を前に、彼が目を輝かせて語るトレンドの上昇や下降の説明は何度聞いても難しくて理解するより前にアレルギーが起きて辛かった。

何より夫は言葉やイメージよりも性愛を重視した。私を満足させることが彼の満足でもあった。

私は欲してないのに彼はまるで義務を消化するような勢いで私を抱いた。その都度、また我慢だ、と私は思った。

純志は他のどの男たちよりも女性を満足させられるという自負があるようで、ワークアウトに通い、常に肉体を鍛えていた。

確かに彼の裸は綺麗だったが、それをどこかで見せびらかしているようなナルシシズムが透けて見えることもあった。

彼が用意する高級ワインや高級ホテルのバーラウンジやレストラン、彼が乗り回す高級車に私は関心がなかった。

彼が力説する流行りのラグジュアリーというものに一切興味がなかった。

彼が次々に繰り出してくる性愛の行動に辟易《へきえき》としたし、暴力としか感じられなかった。

彼は私を文字通りイカせることに全精力を使った。

でも、私が求めていたものは力ずくの愛ではなく、芽依汰と並んで空を見上げている時に覚えるほっとする瞬間の中にこそあった。

「俺は早希のすべてを支配したい。いいね、俺だけが君の肉体の秘密を知っている。ほら、こうすると気持ちがいいのも知っている。君を感じさせることができるのは俺だけだよ」

私は屈辱に震えた。彼の言葉に時々虫唾《むしず》が走った。

これは私が望んだ愛のカタチではない。肉体が性的に感じれば感じるほど、私の心は彼から離れ、この凌辱《りょうじょく》に怒りさえ覚えるようになった。

純志は不文律の侵害に気が付いていなかった。

彼が愛だと信じて疑わないものこそ、性愛に他ならなかった。

私は夫によって愛の名前でレイプされ続けた。心が彼から離れはじめたのはそのことを私が悟った頃からじゃなかったかと思う。

根本的にこの人とは価値観が違うのだ、と思うようになった時でもあった。

「いろいろな愛のカタチがあるから、僕は簡単に否定もしないし、肯定もしません」

と芽依汰が言った。

「早希さんのことが心配だけど、どうやって助けてあげたらいいのかわからない」

「助ける？　大丈夫ですよ、私のことなら」

「どうするつもり？」

「そうね、どうするつもりなんだろう。逆に芽依汰さんはどうするの？」

「たぶん、どうもしません」

「それで平気なの？」

「僕らの場合、理沙一人の責任だとは言えないんですよ。この通り、僕のセクシャリティは曖昧《あいまい》だから、彼女の欲望や恋愛感情を満たしてあげることができない。甘い言葉を絶妙のタイミングで呟いてあげることもできないし」

「でも、それがいいんじゃないかな」

「そうかなぁ。とにかく、僕の方から純志さんみたいに性的行動をとることができない。僕にとっては自然なことでも、世の中的には恋愛的想像力が欠落している男ということになる。だから、理沙のことを一方的に責めることができないんです」

「そもそもなんで夫婦になったの？」

「一人でも全然寂しくなかったし大丈夫だったけど、でも、一番の理由は理沙が懐妊したことかな。それは予期していなかったからか、できた、と知らされた時、奇跡が起きたと思い込んでしまった。悩んだけど、これはギフトだと思うしかない、と結婚を決意しました。だから、神さまが決めた成り行きに従って今ここにいる。理沙には申し訳ないという気持ちの方が大きいので、僕は何が起きても受け入れる覚悟がある。でも、早希さんの場合はそうじゃないと想像するので」

「想像できるのね？」

「辛うじて」

私は嘆息を零《こぼ》した。芽依汰はまるでアンドロイドのように静かに視線を逸らし、まるで宇宙の果てでも眺める感じで遠くを見つめた。

「一つ、訊きたいことがあるんだけど、早希さんはいつ、どうして、あの二人が不倫をしていると気が付いたの？　どんな証拠を掴んだの？」

私は芽依汰の横顔を見つめる。どんな時も涼しい顔をしている。この人は本当に嫉妬しないのだろうか。

「証拠は掴んでないけど、決め手は寝言かな」

「寝言？」

「うん、実は純志は時々、寝言を言うのよ。彼自身は知るわけがないけどしかもそれははっきりとした寝言なの。まるで昼間語り合うような感じ。私は眠りが浅くて、というか不眠症だから、その時、起きていた。そしたら不意に、理沙、と声が飛び出した。びっくりしたわ。しかも、愛してるよ、と続いたんだから」

芽依汰の視線が私の視線を掴んだ。

けれども、芽依汰の反応を私はどう判断していいのかわからなかった。どうやら彼は私と同じような嫉妬心を持っていないようだった。

私は芽依汰の力ない瞳を見つめながら理沙のことを考えた。

自分が理沙に近づいたのはきっと純志との関係を探ろうとしてのこと。

理沙の手を上から包み込んだのはきっと嘘が無いか見破りたかったからだと思う。

手を握りしめながら彼女を見つめていた自分の精神状態を思い返すと苦笑が溢《あふ》れる。

じっと理沙を見つめることで彼女を追及しているつもりだったのかもしれない。

理沙がそれをどう受け取ったかわからない。

もしかして、私は嫉妬していたの？　復讐《ふくしゅう》しようとしているのかしら？

「明日は何時に連れて行けばいいのかしら」

と理沙が言った。

「そうね、お昼ご飯の後ならいつでも大丈夫。三時くらい？」

「わかった。じゃあ、連れていきます」

うん、と私は心なく返事をした。

子供を預かると言い出したのは純志だった。

もともとはミミのアイデアだったが、でも、幼稚園児のお願いだからごまかすことだって可能だったのに、じゃあ、日曜日はそのまま遊園地に連れて行くよ、と夫はとんでもないことを言いだした。

大丈夫なの？　と私が確認をすると、もちろん、たまには子供のために生きなきゃ、と夫は子煩悩な父親役に酔っているような口ぶりで言った。

そうだ、この人はいつだって自分に酔っている。いつだって自分の人生や他人のそれを上手に誤解して見事に前向きなエネルギーへと変換させてしまう。

「ところで早希さんは毎日、何をしているの？　ミミちゃんが幼稚園に行ってる間とか」

ぼんやりとしていた私の視界の前で手をさっさっと振った後、理沙が言った。私たちは昼下がりの児童公園のベンチに並んで腰かけていた。

「特に何も、主婦だから。理沙は？」

「いろいろ」

いろいろの中に純志との性愛も含まれているのに違いない。私は無意識に奥歯を噛みしめてしまった。

「退屈はよくないわね」

と理沙は言った。

だからあなたは人の夫に手を付けるのね、と言葉が出かかったが飲み込んだ。

その代わり、私は彼女の手を再び上から握りしめることになる。

理沙が私を振り返る。私たちは冷たく見つめあった。この人が許せないと思った。

でも、まだ証拠はない。一方的に純志が理沙を好きなだけかもしれない。

試さなきゃ、と思った。証拠を掴まなきゃと決意した。

でもなんのために？　証拠を掴んでどうするつもり？　復讐するの？　どうして？

夫を奪われたから？

「最近、理沙さんと会ったりしているの？」

と不意に夫が口にした。

「昨日、会ったけど、なんで？」

「会ったんだ。いや、なんとなく」

「なんとなくってことはないでしょ？　気になるから訊いたんじゃないの？」

「どういう意味？」

その時、玄関ベルが鳴った。来た、と大きな声を張り上げてミミが飛び出してきた。彼女は私たちの前を素通りすると全速力で玄関口へ向かって走った。

純志が私を振り返った。私はその視線を振り切って立ち上がらなければならなかった。

「お世話になります」

芽依汰がどちらかというと純志に向かってそう口火を切った。

芽依汰の横に理沙がいたが、寄り添うというのではなく、微妙な距離を保っている感じ。理沙が純志を見ようとしないので私は目のやり場に困った。

微笑んで見せると、理沙はリビングで遊び始めた二希とミミへと視線を移し、

「二希ははじめてのお泊まりなんです。よろしくお願いします」

としおらしく告げた。

私は急いで夫の視線を確認した。私の視線に気が付いたのか、理沙を見ていた純志の視線が芽依汰へとそそくさ移った。

私を見ていた芽依汰も子供たちへと視線を移した。

「あの二人、本当に仲がいい。まるで姉妹みたいですね」

芽依汰の一言は視線のやり場に困っていた私と純志を救った。

私たちも一緒に娘たちを振り返った。こうして四人は落ち着く場所をようやく見つけることができた。

「明日、俺が遊園地まで二人を連れていき、帰りに二希ちゃんをそちらに届けます」

「すいません。でも、あたしたちも一緒に遊園地に行くことにしました」

理沙が遮るように言った。え、とまず私が驚きの声を張り上げた。

「どうせ、日曜日は何もないので、純志さんだけに任せるのも悪いですから、一緒に行こうということになって。ちょっと用事があるので少し遅れるとは思いますが……」

と芽依汰が釈明した。

ここで四人の視線が再び複雑に絡み合った。

理沙は純志の顔色を窺《うかが》い、私と芽依汰はその二人の顔を交互に素早く見つめ、これらの視線が混線すると、理沙が私を見返り、その視線のせいで私は理沙の手の甲の感触を思い出してしまって、たまらず慌てて目を逸らしたら、純志の視線が芽依汰の横顔で止まっているのを発見した。

私の眼球は忙《せわ》しなく動き、視線は芽依汰へと移った。私を見ていた芽依汰の眼球もくりくりと動き、その視線が理沙へと移った。私は慌てて純志を振り返った。純志は理沙を見つめていた。

「ママ！」

と二希が叫んだので、四人の視線は再び子供たちへと舞い戻ることになる。

「ママたちどうしたの？　なんでそんなところで何もしゃべらないで立ってるの、変だよ」

ミミが言った。

「動物園のおさるがにらみあってるみたいね」

と二希が言って、子供たちは声を張り上げてきゃっきゃ笑った。

理沙が小さく嘆息を零した。芽依汰が微笑み、ほんとだ、動物園の猿みたいだ、と言った。

「二希、ミミちゃんのお父さんお母さんの言うことちゃんと聞くんだぞ。寝る前にはちゃんと歯を磨くように。わかったね」

「うん、わかった」

理沙が小さくお辞儀をして、よろしくお願いします、と告げた。

はい、と純志がそれに応えた。

私は芽依汰を見た。

芽依汰が笑顔で頷《うなず》いてみせた。

理沙と芽依汰がエレベーターの中へ消えると、私と純志はますます気まずくなってしまった。

5　理沙の場合

あたしの少し前を芽依汰が歩いている。

その後ろ姿をちらちらと盗み見ながら、あたしはついて行くわけでもなく、彼から遠ざかるわけでもなく、なんとなく人がたくさん集まっている方を目指して進んだ。

芽依汰とはいつの頃からか寄り添って歩くことができなくなった。

まるで巨大な恐竜の骨の化石を思わせるジェットコースターが眼前に聳えている。子供の悲鳴が遠くから届けられた。何が楽しくてあのような恐ろしいものに人は乗りたがるのだろう、と思いながらレールの上を滑走するジェットコースターをぼんやりと眺めた。

どこかにジュンジュンたちがいるはずだったが、遊園地は広すぎ、人は多すぎて、見回すだけでは見つけ出すことができなかった。

このまま芽依汰とはぐれてしまいたいと思った。ジュンジュンとは会いたかったけれど、二人きりでなきゃ嫌だ。

あたしはどうして心が満たされないのだろう。

何をいつも探しているというのだろう。

二希が存在しなければ、あたしは芽依汰と別れていたはずだ。

だから二希が不在だと二人の間でもはや会話さえ成立しなかった。

何も話すことがないということが耐えられない。何も話すことのない夫婦にいったいどんな未来が待っているというのだろう。

あたしは夫に自分のことを語らないし、彼は娘のことばかり話す。

芽依汰が普段何を考えているのか、あたしにはわからない。早希とどうしてあんなにしょっちゅうラインでやりとりができるのか不思議でならない。

一度、早希からのラインを偶然読んだことがある。

『今日はスーパームーンだからね、探して、お願い事をして』

あたしは失礼ながらその子供染みた他愛もないメッセージを読んで笑ってしまった。

正直、気持ち悪い、幼過ぎる、と思った。

昨日は、二希がいないというだけで、恐ろしいほどに静かな土曜の夜を二人は我慢しあうことになった。

二希がいる時は気にならなかったが、二希がいなくなった途端に、夫の存在が目障りになった。

芽依汰は好きなジャズを聴きながら、ソファの端っこで本を読んでいた。そこに彼がいると思うだけで、蕁麻疹《じんましん》が出そうになる。

あたしは、することがないし、逃げ場所もないから、長風呂の後はずっとベッドの中でゴロゴロとして過ごした。

二希がいないので料理をする気にもならなかった。料理が得意な芽依汰が冷蔵庫を漁《あさ》ってパスタを拵《こしら》えた。

夕食だよと呼ばれたが、

「空いてないから先に食べて」

と断り、空腹を我慢した。

土曜日の夜、二人きりなのに外食するわけでもなく、映画を観に行くでもなくバーでグラスを傾けるわけでもなく、ただ夫から逃げ回って過ごすことの虚しさといったらなかった。

別れなきゃ、と確信するに十分な土曜の夜の退屈だった。

あたしのせいじゃない、と思った。世間的には悪妻ということになるのかもしれないが、自分だけが悪いとはどうしても思えなかった。

土曜日の夜なのに、せっかく二人きりなのに、こんなに静かな苦痛の中で息を潜めて狭い家の中に自分の居場所を確保しなければならないこの境遇は異常としか言いようがなかった。

そして、ここから抜け出るには誰かの力を借りる必要があった。

今のあたしにとってそれはジュンジュン以外考えられない。けれどもその期待の彼が二の足を踏んでいる。

彼は自分の居場所を壊すつもりがないようだった。当然、あたしを選ぶ勇気もない。そういう意味では彼もまた期待外れだった。

あたしは音のない遊園地の真ん中で立ち止まる。あたしは悪くない、と心の中で叫んでみた。

大勢の家族連れがいて、ただ広いだけの遊園地はあたしをいっそう孤独にさせた。

あたしは悪くない、と今度ははっきり言葉にしてみた。

芽依汰とはどうやら完全にはぐれてしまったようだ。いっそこのままどこかに消えてしまうのはどうだろう、と思ったら自然に口元が緩んでしまった。

その時、子供たちを満載したコースターがあたしの頭上に差し掛かった。物凄い騒音があたしを現実へと連れ戻す。

その先頭にジュンジュンがいた。両脇に二希とミミがいる。ジュンジュンは両手を広げ風と重力を他人事《ひとごと》のように楽しんでいた。

なんで笑っているの？　あなたは何がおかしいの？

あたしを抱く時のあの欲望丸出しのジュンジュンではなく、子煩悩な父親にしか見えなかった。

二希とミミの叫び声が降って来た。遠ざかったコースターを冷ややかに眺めてから、あたしは自分の手を開いて見下ろした。早希の手のぬくもりを思い出す。

高校生の頃、二つ年上のバレーボール部のキャプテンにキスをされたことがあった。下からずっと女子校だったせいもあるが、あたしの最初の恋人は男性ではなかった。

彼女は髪が短く、さわやかで、さらには肩幅があり、男性のような角張った体躯を持っていた。

あたしはずっと彼女に憧れていて、声を掛けてもらうために、彼女の試合に足繁く通った。

そしてやっとある日、見初められて、想いが通じた。

ギムナジウムの裏手の雑木林で、あたしたちはキスをした。

それが生まれてはじめてのキスでもあった。

純志との動物的な交接が汚らしいと思えるほど、京《きょう》先輩とあたしとの間には純度の濃い想いしか存在しなかった。

あたしたちの口づけはその思いの結晶でもあった。あたしがその一点に集中し、あたしをがんじがらめにした。あたしの肉体、精神、魂、神経。

めでたくあたしは先輩の公認の恋人になった。あれがそうだというのならば先輩のアパートのベッドの中で、しかも裸で抱き合ったあの瞬間こそが、或いはあたしの最初の肉体的交接だったのかもしれない。

皮膚と皮膚が触れ合い、あたしたちは何も纏わずにただひたすら強くぬくもりを求めあった。

先輩の骨や肉や臀部《でんぶ》のふくよかな丸みをあたしは全身で感じることができた。

あたしは呼吸もままならなかった。だから必死で先輩にしがみついた。

何をどうしたらいいのか全くわからなかったけれど、肉体はほてり、耳はじんじんと痺《しび》れ、目を閉じていないと死んでしまいそうなほどに興奮した。

でも、多分、先輩もはじめてだった。何をどうしていいのかわからないまま、あたしたちは途方に暮れながらただひたすらキスを繰り返した。

それは純志との交接みたいにはじまりと終わりがはっきりとした運動ではなかった。

そこにはエクスタシーのような頂点は存在しなかった。
その代わりに永遠があった。

6　芽依汰の場合

どうやら僕は理沙とはぐれてしまったようだ。だだっぴろい遊園地の中でとりあえず娘たちを探すことにした。

今どこら辺にいますか？　とラインのグループトークで純志と理沙に呼び掛けたが応答はない。

既読は1となっている。応答がないところをみると既読をつけたのはどうやら早希のようだ。次の瞬間、スマホが振動し、早希からの着信を伝えた。

「はぐれたの？」

「気が付いたら一人だった。純志さんとの待ち合わせ場所にたぶん着いたとは思うんだけど、誰もいない。少しここら辺で待ってみるよ」

「ごめんなさい。せっかくの日曜日なのに」

「早希さんはどこにいるの？」

「私は家にいます」

「用事があったんじゃないの？　同窓会とかあるんだろうなって勝手に想像してた

よ」

「いいえ、何もないの。純志が、自分が連れて行くから休んでてって言ったから。私は家でお留守番してるのよ」

意外な返事だった。

僕らが一緒に遊園地に行くと言った時に、なぜそのことを言わなかったのだろう。

両家族が揃うのに一人だけ参加しない早希の気持ちがわからなかった。

「行った方がよかったかな」

「いや、大丈夫だけど。でも、もしかしたら五人で帰りにどこかで夕食を食べるかもしれないけど、平気？」

「ええ、それは大丈夫。楽しんできて」

何を、と声が喉まで出かかった。

不倫をしているかもしれない理沙と純志を前に僕はどんな顔でその輪の中にいればいいというのだろう。

その時、遠くを小走りで駆けて行く理沙が視界に飛び込んで来た。

その行く手に純志と子供たちがいた。二希が走って来て理沙に抱き付いた。

ため息をついてから、僕はスマホを耳に押し付けたまま彼らの方へと歩きはじめる。

すると、理沙が近づいた純志に素早く何か耳打ちした。

理沙は抱きしめていた二希を下ろし、二希はミミの横へ戻って二人は子供らしくじゃれあった。

純志の手が一瞬、理沙の腰の辺りを摩《さす》った。

二人はまるでキスをするような距離で話し込んでいる。

驚くべきことに理沙は微笑んでいる。しかも、あんな笑顔、暫く見ていない。

それがあまりに親密な感じに見えたので、僕の足は思わず動かなくなり、そのまま立ち止まってしまった。

「ごめん、怒らせちゃった？　なんとなく純志と一緒に行きたくなかったの。彼が、頑固に自分が遊園地に連れて行くとこれ見よがしに父親らしさを見せつけてくるのもしゃくだった。じゃあ、やってみたら、と思ったのよ。父親らしいこと、やってみればいいじゃんって。もしもし？　芽依汰さん、聞いてる？」

「聞いてるよ。今、遠くで純志さんたちと理沙が合流した」

「あら、よかったじゃない。じゃあ、役者がすべて揃ったのね」

「でも、あの二人、夫婦みたいに見える」

「そうなんだ。カップルだからしょうがないね。芽依汰さん、やきもち焼くでしょ？」

これは、この感情の複雑な動きをやきもちというのだろうか？　はじめての経験だった。

僕は静かに首を持ち上げ、低く雲が垂れ込める空を見上げた。

たぶん、この不愉快な気持ちはあの二人の親密ぶりを快く思っていない証拠だと思う。このもやもやを嫉妬と呼ぶのか。

いつまでも誰かと接続できない違和感ばかりが付きまとう。

思えばそれは昨日今日にはじまったことじゃない。

幼い頃からずっと僕は違和感の中で生きてきた。

「パスタ、食べないの？」

昨夜、僕は寝る前に理沙に訊ねた。

「食べたよ、さっき」

という返事が戻って来た。

「いつ？」

「あなたがヘッドホンをして音楽を聴いていたから、勝手に」

「美味しかった？」

「ええ、だから、いつも美味しいわよ。いつも、ありがとう」

僕がベッドに潜り込むと、理沙が僕に背中を向けた。

早希が言ったことは本当だろうか？　と僕はベッドの中で考えた。

君は純志さんと不倫しているの？

『もし、僕の愛し方で物足りないのであれば外で君を満たす人が現れたとしても僕にとやかく批判する資格はないのかもしれない』という自分の言葉にこそ問題がある。

理沙の欲望を満たしてあげることのできない僕が一番の悪者なのだろう。

でも、問題なのは理沙の相手があまりに僕ら家族に近い存在だからで、本当に純志と不倫をしているのであれば、子供のために、それが深刻化する前になんとかする必要がある。

それは僕と理沙との問題だけでは終わらない。

早希ばかりではなく、二希とミミにも大きな影響を及ぼす。

なんとかしなきゃ、と今更ながらに焦りを覚えた。

今、遠くの二人のシルエットはこの広大な遊園地の中にありながら、そこだけが奇妙なほどに親密な暖かい空気で包まれて、まるで陽だまりのようであった。

周囲の人たちは疑うことなく、あの四人を家族とみなすことであろう。

「辞表を提出した」

僕は昨夜ベッドの中で理沙の背中に向かって告白した。

「そうなんだ。ねぇ、芽依汰は何に疲れたの？」

「同僚や上司や部下や情熱を燃やせない仕事や、とにかくあらゆることに違和感がある」

「また？ 人のせいにするの？ いつものように」

二の句が継げなかった。妻は僕に背中を向けたまま呆れ果てたような口ぶりで続けた。

「あなたが口にする違和感って、自分を受け入れないものすべてに向けられているけど、それは違和感じゃなくて、疎外感でしょ？ しかも自分が周囲をシャットアウトしているからそう感じているだけで、ちょっと卑怯《ひきよう》じゃない？ それであたしまで外に放り出されて……。芽依汰は自分を見つめ直さないといけない。そんなんじゃ、ずっと一人ぼっちだよ」

ずっと一人という昨夜の言葉が耳の中で蹲《うずくま》ったままであった。

数十メートル先にいる理沙と純志の背中から僕は視線を逸らしてしまった。

これはもうセクシャリティがあるかないか、の問題ではない。

人間であるべきかそうじゃないかの孤立感。

「もしもし？　合流したの？」

耳元で早希が言った。早希の声が理沙の昨日の言葉を少し押しやってくれた。

「いや、合流するのが怖い」

「え？　何ですって？」

「今から、会えないかな？　そっちに向かうから」

「いいけど、みんなとはどうするの？」

「ちょっと気分が悪いからってラインしとくよ。だから、いつもの喫茶店で」

僕はそう言い残すとスマホと心を切り、踵《きびす》を返した。

不意に遊園地から色彩が消え、周囲から音が萎《しぼ》んで消えてしまった。

7　純志の場合

自分と理沙のスマホから『ライン』という機械の音声が同時に響き渡った。

覗くと、「急な仕事が入ったので東京に戻らないとならなくなりました。ごめんなさい」という芽依汰からのメッセージであった。

日曜日のこんな時間に？　と理沙に訊くと、彼女は小さく肩を竦めてみせた。

「あの人、会社を辞めたのよ。辞表出したって」

「でも、辞表を出した人間を日曜日に呼び出す？　月曜日でいいんじゃないの？」

「知らない。急な仕事というのが何か、あたしにはわからない」

子供たちが近くにいるので声を潜めて続けた。

「彼、会社辞めてどうするの？」

「暫くは働かないって」

「やれやれ。自分勝手だな」

「自分勝手、ええ、だからずっとあたしにはわからなかった、彼が何を考えているのか。でも、早希さんならわかるかもしれない。あの二人は仲がいいでしょ」

「早希に？　彼女もわからないでしょ？」

笑うと、理沙が怖い顔で、

「あの二人はできてるのよ」

と声を潜めて言った。

訊き返そうとしたら、理沙は俺の唇に指先を近づけ、子供たちがいるから今度ね、と囁いた。

できてる？　どういう意味？

声にならない声とジェスチャーで訴えた。理沙は小さく鼻で笑って素早く肩を竦めてみせた。

「何、動揺しているの？　自分はどうなのよ」

理沙が俺の耳元に口を押し付けるような感じで素早く告げた。

「別に、動揺なんかしてないよ」

「してるじゃない。凄い顔してる。そんなに驚くとは思わなかった。嫌なの？」

最後のところが怒鳴《どな》り声のように大きかった。

「何が？」

とミミが振り返って訊いた。

理沙が今度は驚き、なんでもない、大人の話よ、と母親の顔に戻ってごまかした。

早希と芽依汰というのはあまりに盲点だった。

でも、あり得る話だ。早希と芽依汰は四六時中ラインでやり取りをしている。俺には拵えたことがない笑顔を、早希は芽依汰にだけ、まるで信頼し続けてきた旧友に向けるような感じで、心の底からしかも自然に見せている。

理沙の肉体は俺の欲望を満たす。でも、早希の身体はそうじゃない。すぐに接続できないし、接続できたとしても応答がない。感じてないのか、と思うとそうでもない。早希の身体は理沙のようにはわかりやすくない。

理沙は抱けばすぐに反応が戻ってくるし、素直だからか、どこが感じているのかも手に取るようにわかった。

でも、早希は違う。感じているのかそうじゃないのか、その表情からも、その肉体からも伝わってこない。

感じやすい理沙の肉体はあらゆる場所に欲望のツボがあって、どこを押しても溢れ出す涸《か》れない泉のようで、そこには愛と欲望の渾然《こんぜん》一体が存在する。

理沙には性愛という言葉がぴったりとフィットする。

けれども早希はその真逆で、真っ暗闇の中でスイッチを探さないとならない。

それがとても骨の折れる作業で性愛のスイッチを探すためには、まずその真っ暗な闇を一通り知らないとならない。

闇を把握した時にスイッチの在《あ》り処《か》がわかるという仕組みで、もしかしたら、その果てしない闇こそ彼女における愛なのだと言うことができる。

けれども、自分は今までに数えるほどしかスイッチを発見することができていない。チャートに隠れたほんのわずかな値動きの兆候を探すような労力が要求されるので、やる気も萎《な》えてしまう。

多分、自分は彼女の肉体を開くための鍵を持ってないのかもしれない。

何か手の届かないところに常に妻はいて、なぜかわからないのだけど、自分は常に彼女に見下されているような感覚に陥る。

まるで早希は次元が違うところで生きている高貴な人のような存在だ。

だから理沙のように気安く話すことも、触れることさえできないのじゃないか。

性愛に関してだけ言えば、頑張らなければならない存在が早希で、頑張らなくてもいい、自分らしく接すればいい存在が理沙だった。

早希との交接は、時々、自分がまるでレイプ犯のような気分にさせられてしまう。

これは殺人を犯すような苦痛を俺に、それ以上のものをきっと早希に与えている。

だからミミが生まれた後、二人の間で求めあう回数が減った。

理沙が現れるまでは、俺は自分で欲望を処理することが多かった。

そのくせ、全く早希を抱かないでいると、よそで浮気しているの、と小言を言われる。

妻が寝ている横で、息を潜めて自分を慰める時の虚しさほど深い孤独はない。

男は子孫を残すために欲望が与えられたのだ、と風俗に通いつめる同僚が言った。

子孫ができた後の処理のことまで神様は考えてくれなかった、と彼は人のせいならぬ、神のせいにしてみせた。

もしも、早希が理沙のような自由にできる女性だったら自分は浮気をすることがなかったかもしれない。

早希はずっとハードルの高い精神的セレブだった。怖い母親のような人だった。

理沙が現れた時、俺は初めて女性を支配する喜びに興奮した。

彼女をどうやって可愛がるかを考えない日はなかった。

「とにかく、帰りましょうか？　ロイホでご飯でもしてから」

理沙が提案をした。

「ロイホ！　賛成」

と二希が叫んだ。

「賛成！　オムライス食べたい」

ミミが叫んだ。

この四人が家族だったら、自分の人生はどう違っていただろう、と想像した。

8　早希の場合

「どうしたの？　ライン見たでしょ？　みんな慌てて君を探してたわよ」

「うん、なんだかあの場所にいられなくなった」

「わかるけど、でも、だとしてもちゃんと二人に告げて帰ればよかったじゃない。子供たちにまで心配させて、よくない」

「そうだね、軽率だった」

珍しく沈み込んだ芽依汰を前に私はどうやって励ましてあげればいいのかわからなかった。

どうやら彼が落ち込む原因は理沙と純志の問題ばかりでなく、彼の身の回りで起こっているネガティブな状況に端を発しているようだった。

「仕事辞めるのは、その、何が原因なの？」

「なんだろう。うまくアクセプトできないんだよ。誰とも、どことも。そう言ったら理沙に批判されてしまった。あなたはいつも違和感という言葉を使ってごまかしてるって」

「そう言われても仕方ないよね。みんなを残して不意に帰ってきたり、奥さんに内緒で会社を勝手に辞めてしまったり。ちょっと自分勝手かもしれない」

「ねぇ早希さん。誰のための人生なのかな、と考えることない？」

「子供や家族のためではダメなの？」

「自分を犠牲にしてまで？」

「じゃあ、誰を犠牲にする気？　だから、」

私は一瞬言葉に詰まった。自分を犠牲にしたくなかった。

でも、今の自分はきっと何かを我慢している。少なくとも純志のせいで私は我慢を強いられている。

彼の浮気は今回がはじめてではない。結婚する前にも別のところに彼女がいたし、結婚した後にも結婚を約束していたと言い張る女性が出現したことがあった。

その都度、彼は必死で言い訳をし、もしかするとそれは本当かもしれないけれど、私にはそのすべてが嘘くさく、幼稚に思えてならなかった。

ミミが生まれてからは大人しくしていたが、再び私は娘のために我慢をしなければならなくなった。

「去年、彼の会社の部下がうちにやって来て、お腹に純志の子供がいると言い出したの」

　俯いていた芽依汰が顔を上げた。二人の視線が絡み合う。

「でも、嘘だったのよ。中絶したと言うから呼び出して問いただしたら、その子は嘘だったと白状した。でも、何かはあったはず、と私は推測した。純志は女性になんとなくモテるから勘違いしやすいの。理沙とはどの程度の関係かはわからないけど、家族を維持して守る気があるなら、どこかで阻止する必要がある。理沙もどちらかというと純志タイプだから、あの二人が調子に乗った時が怖い」

「でも、子供がいるのに家族を壊してまで自分たちの幸せをとるとは思えない」

「わからないよ。とにかく早いうちに何か手を打っておいた方がいい」

「手を打つ？　どうやるの？」

　私は、うまくやるのよ、と呟いた。

「え？　なんだって？」

「だから、熱しやすく冷めやすい恋愛病の彼らに現実を教えてあげればいいのよ」

「僕にはわからない。恋愛感情というものがみんなとは違うのでどうしていいのかわからないよ。仮にあの二人がそういう関係だとしても、僕や一希が傷つかなければ、それで理沙が幸せなら、うまくごまかし続けてくれるなら、それでもいいのかな、と思ってしまう。ただ、心配なのは君だ。君は我慢をしているんだよね？」

芽依汰が私を憐《あわ》れむような目で見つめてきた。

「私？」

不意にふられ、思わず吹きだしてしまった。

私が一番の問題だったの？　私？　笑いが止まらなくなってしまった。

憐れむように見つめてくる芽依汰の犬のような目が嫌だった。

笑いながら、目元に涙が浮かんできた。気が付けば泣いていた。いったい私は何を犠牲にしているというのだろう。

私には拭《ぬぐ》い去れない暗い過去がある。

純志に抱かれている時、私はこの悪夢といつも戦っている。

その人は、母が仕事に出た後も家に残って、幼い私の身体に触れた。

血の繋がった父は私が生まれた直後に家を出ているのでどういう人かわからない。

父親を知らない私はその人のことを父親のように思っていた。

その人は表向き優しい人だったから私は懐いたし、その人はよく私を優しく抱きしめてくれた。

それが嬉しかったので私は好んでその人の膝の上に上るようになった。

母は笑って見ていた。その人と母が夫婦のようにいちゃいちゃするのも子供ながらに嬉しかった。

みんなには父親がいるのに自分だけいないのがずっとコンプレックスだった。

そのうち、その人は居座るようになり、母親が仕事に出た後、二人きりになることが多くなった。

ある時、それがちょっとおかしくなった。

何が起きていたのか、幼い私にはわかろうはずもなかった。

日常的になっていたので、言われるがまま、何も疑うことなくその人に従っていた。

幼い私はその人に好かれたかったから、できることはすべてやった。

「ママには内緒だよ」

とその人は私の耳元に唇を押し付けて言った。

それがなぜかとっても怖かった。

だから、うん、とその場凌《しの》ぎの返事をし続けた。

母親に「仕事に行かないで」と懇願したこともあった。

着飾った母の後ろからその人が笑顔で、ママが働かないと生きていけなくなるんだから、おとなしくぼくとお留守番してようね、と言った。

次第に私は目を瞑って我慢するようになった。

我慢をした。もう彼の膝の上に自分から上がることはなくなった。

大人になるにしたがって少しずつ、彼が私に何をしていたのかがわかるようになっていった。

でも、核心の部分の記憶が曖昧だった。

高校二年生の夏、当時の恋人と初めての交接を持った。

その時、処女膜が破れて赤い血がシーツを染めた。

あの人とは関係していなかったことがわかり、大学生の恋人の胸で泣いた。

だから、純志が私を欲望のはけ口にしようとする時、私は純志の中にその人を見つけてしまう。

純志のことは多分幾ばくかは愛しているのに純志に幾ばくかも安心することができない。

芽依汰にはセクシャリティがない分、自分を見せやすかった。

あの頃、子供の頃も、少し大きくなった後も、なぜかわからないけれど、大きな水のないプールの中に置き去りにされる夢ばかり見ていた。

手を伸ばしてもどこにも届かない。

足元のタイルの目地に水が走り始める。
助けを求める自分の声が反響する。
誰かが覗き込んでいるので振り返ると、昇降梯子《ばしご》の上でその人が笑っている。
そこから脱出することばかりを考えていた子供時代であった。

9　理沙の場合

一番不可解なのは芽依汰でも純志でも早希でもない、あたしの心だ。

あたし、いつだって自分の考えていることがわからないまま行動している。

ジュンジュンのことをどこかで避け始めているというのに、呼び出されたら、いつものホテルの前で待っている……。

心の片隅にジュンジュンとの関係を清算したいという気持ちが芽生えているのも確かなんだけど、そう思っていてもジュンジュンと二人きりで会うことに同意してしまう不可解……。

そこには性愛しかないというのに。

この性愛への依存はまるで薬物患者のようでもある。もしかしてあたしは世に言うセックス中毒なのかしら。思い当たることがいくつもある。

心は距離を取り始めているのにジュンジュンに抱かれている時の紛れもない幸福感があたしをそこへ再び連れ戻す。

京先輩とのプラトニックな永遠も、ジュンジュンの肉体との接続時の快感の前では儚《はかな》い蜃気楼《しんきろう》に過ぎない。

ジュンジュンはあたしの肉体のあらゆるツボを心得ている。その肉体的悦《よろこ》びを知ってしまったあたしは果たしてジュンジュンから逃げ出せるの？

頭の中でいくら否定してもベッドの中に連れ込まれたら抵抗ができなくなってしまう。

ジュンジュンはそのことに気が付いているのかどうか、今日はいつもよりも激しく攻めてくる。

彼はあたしの両腕を掴み、自分の腹部へぐいぐいとあたしの身体を引き寄せる。

逃げ出せるものなら逃げ出してみろ、と吐き捨てる彼の心の声が聞こえた気がした。

激しい痺れがあたしの脳へと駆け上がる。

頭の中は真っ白になり、性愛の虜《とりこ》になってしまう。それにしてもこの性的な依存は普通じゃない。

芽依汰との生活のストレスのはけ口になっているような気がしてならない。

女性月刊誌の依存症特集を読んでいて思い当たることがあり、そこで語っていたセラピストのクリニックを調べて予約を入れてみた。

「逃げ出したいのに逃げ出せないんです」

と告げると、その女性の医師は決定的なことを口にした。

「辛い日常を回避したくて、衝動的にセックスを利用してしまい、その快楽の繰り返しから逃げ出せなくなっているのかもしれません」

思い当たることがあったのであたしは目を見開いて彼女を睨みつけてしまった。

「お話を聞く限り、不安、鬱《うつ》、ストレス、孤独、退屈などの感情の症状が見られます。セックス依存症というのは単純にたくさんセックスをしている人のことを指すわけじゃないんです。そのネガティブな要因から脱却したいという恐怖がセックスへと走らせ、自分ではもうどうすることもできない状態へと追い込まれていく」

医師に言い当てられた。すると不思議なことにその人がどこか京先輩に似ている気がしてきた。これも依存症の症状なのか。

「治療を続ける意思があるなら、少しここに通ってみませんか?」

医師に勧められ、あたしは二つ返事でそれを了承した。

「気持ちいいの?」

ジュンジュンがあたしの耳元で囁く。

汚らしい、と心は否定してみるが、肉体は麻痺《まひ》している。

うつろな目でジュンジュンを振り仰ぐ。

上から覗き込んでくるジュンジュンの目の芯が光った、気がした。

「欲しいの？　理沙」

あたしは頭を左右に揺さぶって否定するが、言葉がまとまらない。でも間違いなく、欲しい。自分の意志を放棄して快楽の中で溺れたい。

あたしは依存症なのに違いない。セックスの中毒者なのだ、と思えば病気のせいにできていくらか楽になれた。

ジュンジュンが、いつものように綺麗に、と命令する。けがらわしいと思っているのにあたしは彼のを自分の口で掃除する。

ジュンジュンが興奮している。あたしは自分の愛液を自分の口で洗う屈辱を受け入れてしまう。

それでもこの屈辱から逃げ出さないのはその後のご褒美《ほうび》を期待しているから。

「じゃあ、四つん這いに、ほら、早く。もっと愛してあげるから」

もっと愛してあげるから、にあたしの身体が反応をし、心は反発する。

それでも、奴隷の立場は弱い。あたしは言われるまま尻を彼へ向け、自分から四つん這いになってしまう。

ジュンジュンはあたしの臀部のふくよかなところを平手打ちしてくる。乾いた音が反響する。あたしはまるで犬とか馬とか動物のような扱いを受けている。それなのに、それをどこかで喜び、頭を低くし、自ら腰を持ち上げ、彼がしやすい体勢をとってしまう。

自分がしていることを自分の頭の中で想像し、興奮している。

「理沙は一生俺のもの。わかった？」

その次の瞬間、背骨を電流が駆け抜け、あたしは思わず悲鳴のような嗚咽《おえつ》を漏らしてしまった。

肉体の奥深くの壁を彼が強くノックし続ける。

かつて交際した男たちの中でこの扉を発見した者も、そこを開けることができたのもジュンジュンだけ。

あたしは自分が女という生き物であることを彼によって教えられた。

ジュンジュンだけがあたしの肉体を開くことができることを認めないわけにはいかない。

永遠に生きるよりも、瞬間に生きることを選んでしまわざるを得ない儚さがあたしという人間を蝕《むしば》んでいる。

意識が遠のく時、あたしは瞬間の中で生きていることを間違いなく喜んでいた。

「どうしてジュンジュンは愛してるって言ってくれないの」

シャワーから戻って来たジュンジュンに訊ねた。

彼はあたしを背後から再び抱きしめると、嘘つけないからだよ、と言ってのけた。

あたしはあまりの怒りと衝撃に吹きだしてしまった。

あたしの背中におでこを預けてジュンジュンも笑う。

奴隷に尊厳はあるのだろうか。

可愛がっては欲しいけれど、殺してやりたい。

「あの二人はできてるって、本当？」

「あの二人？　ああ、早希さんと芽依汰ね」

「君、何を知ってるの？」

「別に、ただ、あの二人が関係してたら面白いじゃない。だからそう言っただけよ」

あたしはジュンジュンの顔色を窺った。

ジュンジュンの顔が曇った。この人は早希を愛している。そう思うとあたしは『この人だけ幸せ』なのが許せなくなった。

「どこに行ってた？」

芽依汰がマンションの前であたしを待ち構えていた。

実際にはあたしを待ち伏せていたのではなく、二希を幼稚園にお迎えに行く時間なのだ、と少ししてから気が付いた。

でも、待ち構えていたと勘違いするくらい、彼は不意にどこからともなくあたしの目の前に姿を現した。そして、確信した目であたしを睨みつけてきた。

「ちょっと高校の時の先輩と会ってた」

考えてもいなかった嘘がするっと口を突いて出て、自分を驚かせた。

すると芽依汰が、純志さんと浮気していたのかと思ったよ、と小さく吐き捨てた。

さすがにこの一言であたしは凍り付いてしまう。

動じない目であたしを見つめる芽依汰から逃げられなくなった。

たじろぐあたしを涼しい顔で見下ろす芽依汰をはじめて怖いと思った。

「浮気しているのはあなたでしょ?」

言い逃れでもなんでもいい、とにかくすぐに反論をしなければならなかった。

「僕? 誰と?」

芽依汰が鼻で笑う。

「早希さんと。いつも二人はラインでやり取りしている。夜中だろうと、明け方だろうと」

「話をはぐらかす気？　純志さんと不倫している後ろめたさから」

あたしは芽依汰を睨みつけた。負けるわけにはいかない。

「そうだとしたらどうするの？」

「どうもしないよ。知ってるだろ。ただ、」

と呟き彼は言葉を飲み込み、そのままあたしを通りこして歩き出した。

「ただ、何？」

慌てて彼の背中に言葉をぶつけた。あたしは医師が言ったセックス依存症という言葉を思い出している。今すぐにジュンジュンが欲しい、と思った。

芽依汰が立ち止まり、ゆっくり踵を返した。

「ただ、二希を悲しませないでほしいだけだよ」

そう言い残すとあたしの夫は再び歩き出した。

言い返そうとしたが言葉がまとまらない。まとまるわけがなかった。

振り返った直後の芽依汰の冷たい顔が頭から離れなくなった。

彼は間違いなく知っている、と思った。

「どうしたの急に」

他に相談する相手がいないというわけではない。

到底、相談などできる相手ではないことはわかっていたが、夕方、早希を呼び出した。

むしろ火中に飛び込むことで、自分の潔白を証明してみせようと思っているかのようなふるまい。思わぬ行動に出た自分に呆れてしまった。

「なんでもないけど、ちょっと落ち着かなくて」

「そういう時はあるわよ」

「早希さんに会ったら少し落ち着くことができるのじゃないかって思って」

早希は黙ってあたしの目を見つめてくる。温度がいつもと違っている……。

あたしは早希にもう一度手を握ってほしいと思っていた。だから、右手をテーブルの上にそっと置いた。

「でも、何があったの？　青ざめてるわよ。たぶん、芽依汰さんのことね」

え？　とあたしは思わず訊き返してしまった。

不意にある種のよからぬ想像が頭を駆け巡ってしまう。

あたしは自分の手を引っ込めようとした。

すると不意に早希の手が伸びてきて、あたしの手頸を掴んで引き寄せた。

まるでジュンジュンに引き寄せられるような強さがあった。

あたしはたじろぎ、抵抗もできず、言葉さえ続かない。さすがに視線のやり場に困り、判決が下されるのを待つ被告のような面持ちとなった。

「浮気でもしているの？」

まもなく、早希が想像を超える質問をぶつけてきた。その口ぶりは芽依汰そのものだった。

仮に、芽依汰と早希が少し前にラインでこの問題についてやり取りをしていたら、と考え心臓が止まりそうになる。

あたしとジュンジュンの浮気の疑いを芽依汰が早希に漏らしていたら、あり得る話だと考えた。

いや、そんなはずはない、と気持ちを改めた。……どっちなのかわからない。

あたしは困惑を覚えた。なぜなら早希はあたしの手をいつまでも放さない。あたしの手はテーブルの上に押し付けられたままだった。

まるで取り押さえられた万引きの現行犯……。

「浮気ってどういうこと……？」

あたしは取り繕い、余っていたすべての力を振り絞って返事した。

「もしかしたら、芽依汰さんは全部知っているのじゃないかしら、あなたの行動を」

「行動？　まるであたしがほんとうに浮気でもしているかのような言い方ね」

早希はじっとあたしの目の奥を見つめている。どこか睨まれているような強い視線でもある。

すっかり彼女のペースだった。追い込まれたあたしはまるで悪夢を見ているような不安に包囲されてしまう。

さあ、どうする、とあたしは自分を立て直そうと努力した。

失うものはなんだろう、と考えてみた。

すべてバレてしまえば、少なくともあたしの手から隠しきれない一部が離れる。

一人で抱えるには重たすぎる。逃げ出したいとあたしは毎日思っている。何から？

芽依汰から、ジュンジュンから、早希から、子供たちから、セックス中毒から？

誰があたしを許してくれるだろう、と次に考えた。

芽依汰は最終的に許してくれるはずだ。彼はそもそもあたしに浮気を推奨した人間なのだから。

ジュンジュンは当事者なのだから責任は半分半分。

早希はどうだろう。早希はあたしを許すだろうか？　それとも許さない？

「いったい誰と浮気をするというの？」

あたしは勝負に出た。これですべてが壊れたとしてそれはもともと自分が望んでいたことでもある。

このことが引き金で早希とジュンジュンが離婚をすれば、いったい何が起こるというのだろう？

お互いの子供たちが人質だった。

あたしたち四人は大人の判断を下すことになる。四人は子供のことを第一に考える。

あたしは浮気がバレた後の世界を急いで計算、想像してみた。

早希はあたしを憎むはずだ。

でも、もしかするとあの夫婦は離婚しないかもしれない。引っ越して幼稚園を変える？

そしてジュンジュンはあたしと会わなくなる。多分、こういう筋書きへと続く。

芽依汰も同じで二希の幼稚園を変えたがるだろう。でも、あたしと離婚はしない。

変化するのは何か。

あたしがもうジュンジュンと抱き合えなくなること、早希との関係が消滅してしまうこと。あたしは早希を覗き込んだ。やっぱりいつもと温度が違う。

結論を急ぐのは愚か者のすることだ、とあたしは自分に言い聞かせる。まだ大丈夫、うまくやるのよ、と心の中で自分を説得してみた。

「家族が大事」

あたしは早希の手を見下ろした。僅かに握力が緩んでいる。今なら手を引っ込めることができる。でも、とあたしは躊躇った。

「二希を悲しませるようなことはしません」

「そう、なら安心したわ」

再び二人の視線がぶつかり合う。

早希が手を放しかけたので、今度はあたしが彼女の手を掴む番だった。

早希が驚き、あたしを見つめ返してきた。力を込める。あたしたちは見つめあった。

何をどうしたら、この窮地から抜け出せるというのだろう。

あたしはどこに行きたいのだろう?

何を手に入れたら満足できるの?

早希を見つめる視線の先でいろいろな迷いが複雑に絡みあっていた。

ジュンジュンへの復讐心、ジュンジュンの性的支配からの離脱、芽依汰の追及からの逃避、芽依汰への当てつけ、早希の気持ちを確かめるために、早希を味方につけるために、性愛から解放されるために、純愛を探すために、あたしは早希をじっと見つめ続けた。

「どうしたの？」

と早希が言った。

「時々、思い出すの」

とあたしは言った。

「何を」

「恐ろしいことをよ」

嘘つけないからだよ、と告げたジュンジュンの顔が早希の仮面と重なった。

あたしは怖くなって思わず目を瞑ってしまう。

大人になるということは男の人を経験するということであり、結婚や母親になることを強要されるということでもあった。

あの頃、あたしは親や結婚した友人らに婚期について脅迫を受けた。

早く誰かいい人を見つけて落ち着きなさい、とある頃から言われるようになった。

そろそろ家族を持たないと一生一人で生きていくことになるよ、と。

京先輩に抱きしめられていた時のあたしには幻想しかなかった。甘い夢の中で生きることができた。

時は流れて、なぜかあたしは結婚することになった。

たくさんの男たちがくんずほぐれつその頃のあたしの周辺に屯《たむろ》していたけれど、或いはすべてがタイミングだったのかもしれない。

一番誠実そうに見えた芽依汰を選んでしまう。同時にあたしも芽依汰によって選ばれた。

しかし、あたしには今もずっとわからないことがある。

とっても恐ろしい不安を隠している。

調べたことがないだけで、けれども、その暗い闇があたしを時々追及してくる。

或いはそこから逃げるための結婚だったし、そこから逃げ続けるための不倫だったのかもしれない。

早希に見つめられながらもあたしはその暗黒を拭い去ろうと必死だった。

いいや、そのことで何もかもが破壊されたとしても、それは自業自得というものだ。

すべてがあたしの思いとは別のところに向かって動いていたとしても、思いもよらなかった場所へ突き進んだとしても、もう失うものはない。

二希が芽依汰の子供じゃなかったとしても、それはもうすべてが過ぎ去った光りの速度の中で起こった過去の一点……。

「ちょっと、待って。もしかするとあなたの依存症の根本にはこの問題が根差しているのかもしれませんね」

と医師が二回目の診察時に言った。

あたしはすべてを彼女に語るつもりだった。

吐き出すことであたしはこの恐ろしい依存から脱却してみせる。

「ママ、どうしたの？　怖い顔してるよ」

二希を抱きしめるたびに、あたしは過去に引きずられる。

いいや、あの日、確かにあたしと芽依汰は交接を持った。そして、あたしは子供が欲しいと神様にお願いした。

彼のセクシャリティは不明だったが、少なくとも、それが可能だった。

でも、同じ時期に同じことをお願いした人間が他にもう一人いて、その人は直後にどこかへ姿を晦《くら》ましてしまった。

二人は似通っていると思っていたので、あたしはそのことを放置し、追及しないことにした。

二希が生まれてきた時、あたしは恐ろしくなった。

去って行った男の方にどこか面影が似ていると思ってしまった。

光りの速度で世界は動いており、宇宙の法則の中で地球は回転していた。そして、朝が来て、また夜が来る。

悩んでもベッドに潜り込めば人間は翌朝へと送り出される。

そうやって日々が更新されていくので、あたしの暗黒の疑問もずっと持ち越されてきてしまった。

「しかし、この問題をこのまま放置しておくと、あなたのセックス依存症がもっと酷くなる可能性があります」

医師が、解決策を見つけ出すのは容易ではない、と言った後にそう告げた。

あたしは溺れかけているから誰かにしがみつかないと死んでしまう。

芽依汰があたしを抱きしめてくれないのが悪い。

だから溺れかけたあたしは通りすがりのジュンジュンに抱きついたに過ぎない。

誰が大海で溺れかけているあたしを責めることができるのか。

10　芽依汰の場合

造成地の給水塔は建設業者によって取り壊されてしまった。

ある日、登ろうと思って出かけたら更地になっていた。

ブルドーザーが砂埃《すなぼこり》を舞い上げながら土地を均《なら》していた。

その砂の埃と太陽の眩い光りが僕の目を細くさせた。

家族を守るために僕にできることは何だろう、と考え続けた結果、純志と直接対決するしかないと思いついた。

それは早希のためでもあり、可愛い子供たちのためでもある。

愚かな欲望のために大事な家族を切り捨てるのはよくない。

そのことをはっきりとわからせるためには、僕が彼に直接言葉で訴えるのが一番効果的であろうと思った。

もう会社に行く必要がないので、僕には時間が有り余っていた。

「びっくりした。どうしたんです」

駅の改札で待ち伏せた。

何時に彼が帰ってくるのか見当もつかなかった。

理沙にはちょっと人と会ってくると言い残して家を出た。溢れ出てくる大勢の人たちを睨み続けて二時間半後、午後八時少し過ぎに純志の姿を確認した。

「ちょっと話したいことがあるんだけど、いいですか？」

純志の動揺が伝わって来た。そわそわ動作も落ち着かず、目が泳ぎはじめる。僕は彼の行く手を塞ぎ、じっと見つめた。

「なので、こういう手段に出たんです。みんなの幸せを考えてこれ以上物事が悪く進まないようにしてもらえないでしょうか？」

駅前のドトールコーヒーの一番奥の席で僕らは向かい合った。

そこに座る頃には純志にも覚悟ができていたようだ。僕の話をひたすら目を伏せて聞いていた。

「こうなったからといって、僕は理沙を責められないんですよ。きっとご存じかと思いますが、僕にはそもそも女性を求める気持ちが希薄だからです。恋愛感情というものがどうやら欠落している。大きな意味での愛しか持ち合わせていない。恋愛感覚だけ、わかりません。でも、これが自分にとってはどうやら普通なんですけど、理沙に言わせるとセクシャリティがない人間ということになる」

純志を一方的に責めるのはよくないと思った。この状況を生んだ根本部分に自分にも幾ばくかの責任があることを認めた。

その上で今後どうするかを話し合うのがいいだろうと思った。

「問題は、僕と純志さんと理沙と、この三人の間だけでは済まないということ。早希さんや特に子供たちのことが関わってくる。なので、僕の勝手な判断ですけど、理沙からは手を引いてもらえないかということなんです」

純志がはじめて僕の目を見た。

僕は柔和な表情で彼を見つめ、追い込まないようにした。

大事なことはこれからもこれまでのように仲良く関係を持ち続けることだった。

「特に二希とミミちゃんは姉妹のように仲がいい。問題はそこです」

純志は静かに息を吐きだした。観念したようにも感じた。

これ以上はもう必要ない、これ以上追い込まない方がいい、と僕は判断した。

「じゃあ、あとは純志さんにお任せします」

僕は席を立った。

「そうか、だからなんだ」

と早希がその純志が座っていた同じ席で言った。

「なんか変わったことがあったの？」

と僕も昨日と同じ席で返した。

「青ざめた顔で帰って来て、食事もしないで寝てしまったの。朝も何も言わずに出て行って、変だな、と思ってた」

「じゃあ、効果はあったんだね」

「ショックだな」

「何が？」

「だって、図星だったということでしょ？」

早希が言っていることの意味がわからなかった。

「どういう意味？」

「本当は憶測に過ぎなかったのよ」

「言ってる意味がわからないけど」

早希が視線を逸らして、神妙な表情で嘆息を零した。

「寝言で純志さんが理沙の名前を言ったって話したじゃないか」

「ごめんなさい。あれは嘘」

「そんな」

僕は大きな声を出してしまい、周囲の人たちを驚かせてしまった。慌てて取り繕い、どういうことなの、と小さな声で訊き返した。

「でも、あの二人はできてると確信してたから、その、なんとなくああいう言い方をしてしまったのよ」

「なんとなくって、じゃあ、……」

「でも、彼の反応を見る限り、二人は関係を持っているとしか思えない。そうじゃないなら、純志はその場で否定するはずでしょ？　あなたに何一つ反論をしなかった。家に戻ってもずっと黙り込んで考え込んでいた。私を避けていたわ。それこそ決定的な証拠です」

　思わず鼻で笑ってしまった。君は、と言葉が飛び出したがすぐにはまとまらなかった。一度大きく深呼吸をしてから続けた。

「君は僕がこういう手段に出るのを予測してああいう嘘をついたんだな？」

「そうじゃないけど、でも、結果として、そういう願望はあったかもしれない」

「それはちょっとひどくないかな」

「でも、間違えてはいなかった。怪しんでいた通りだったでしょ？」

「いや、まだ彼が白状したわけじゃない。僕は途中で席を立って帰ってしまったから。

確かに否定をしなかったから、何か関係はあったのかもしれない。でも、どこまでの関係なのか、わからない。純志さんと理沙が僕たちのように仲がいいだけかもしれないじゃないか」

今度は早希が笑った。

「それはないでしょ。それはないわ」

「なんでわかる？」

「何もないのなら、あんな態度はとらない。きっと彼らは連絡をとりあって、今日、どこかで会っているはずよ。そして、対策を練っている」

「なんでわかる？」

「会うとしたら彼の昼休みしかない。今、理沙はどこにいる？」

僕は理沙が出かけるのを目撃している。友達に会いに行くと言い残して出て行った。

「ほら、図星でしょ？」

「でも」

「いや、彼らは話し合いを持っている。ここは手を緩めず攻め続けましょう。尻尾《しっぽ》は掴んだんだから」

娘のお迎えまでにずいぶんと時間があったから、僕は早希をデパートの熱帯魚店に連れて行った。青い髪の店員が珍しく一人じゃない僕を見るなり青い目を丸くした。

「知り合いのお店なの？」

青い髪の店員が笑顔を僕に向けたので今度は早希がそれに気が付いた。

「知り合いというか、ここで知り合った人」

「店員さん？」

「ほぼ毎日通い詰めているから」

「毎日？　ここで何してるの？」

「自由に慣れてないから、うろちょろできなくて、ずっとここにいる」

早希は店内を見回した。どこか深海を思わせるライティング、薄暗い色の青で統一されている。早希が僕の顔を覗き込んで笑った。僕も微笑み返した。

狭い通路の両脇に大きな水槽が並んでいて、様々な種類の熱帯魚が泳いでいる。淡い光りと泡と小さな魚たち……。

「ここでずっと熱帯魚を見てるんだ」

「ずっとって、どのくらい？」

「二時間とか。でも、ちゃんとあの子の許可を取ってる。ああ見えても彼女ここの責任者なんだよ。この時間はだいたい一人だから、あの子と二人きりのことの方が多い」

「あの子と？」

「そうだけど、何か」

「いいえ、恋愛感情がないんだから、平気か」

「なんて言ったの？」

呆れられたのか早希から返事は戻ってこない。僕は構わずお気に入りの小さな魚を探した。薄暗い水槽の中を泳ぐ色彩豊かな熱帯魚は何度見ても綺麗だ。

「この小さいの、お気に入りなんだよ」

僕が指さすと、水槽に顔を押し付けて早希が中を覗き込んだ。

「へー、可愛いね」

「自分に似てるなって、それで、芽依汰って名付けた」

「笑える」

早希は口元を緩めた。青い淡い光りが早希の顔を縁取った。僕は熱帯魚の芽依汰を振り返る。ガラスに張り付く感じでこちらをじっと見ている。

魚にも感情があるのだろうか。

「ね、芽依汰さん。人間にはいくつ感情があると思う？」

「数えたことない」

「恐怖、怒り、悲しみ、喜び、不安、勇気でしょ、感謝、後悔、興奮、愛情、無念、幸福、悩み、苦しみ、ええと」

「まだあるの？」

「嫉妬、罪悪感、殺意、憎悪、愛しさ、親近感、困惑、怨《うら》み、そうね、性的好奇心とか」

「性的好奇心も感情に入るの？」

「もっとあるよ。優越感、劣等感、安心、期待、軽蔑、責任、空虚、憧れ……きっともっとある」

僕は視線を逸らしてしまった。熱帯魚の芽依汰と目が合った気がした。何か言いたいことがあるようだ。それは僕の気持ちということだろう。

「ロバート・プルチック博士が一九八〇年に感情の輪という理論を提示したのよ」

「どういうこと？」

「彼は感情の根底に喜び、信頼、心配、驚き、悲しみ、嫌悪、怒り、予測の八つの基礎感情があると提示した。この感情同士が混ざり合うことでいろいろな感情が生まれるのよ。彼はこれを色分けして図解した。プルチックの感情の輪と言われている。感情を細分化していけば千種類でも二千種類でもいくらでも感情を作り出すことができるのよ。人間の感情は色彩に負けないほどに無限だということかな」

すらすらと博学が飛び出したので、僕は目を細めて早希を振り返ってしまった。学生の頃、心理学を専攻していたの、と彼女は付け足した。

「プルチックの発想は面白いけど、個人的にはちょっと無理があると思ってる。たとえば、信頼とか嫌悪って相手がいてはじめて成立するものでしょ？　でも喜びや怒りは相手なんか存在しなくても、たとえば孤島に一人でいる時にだって、自然に生まれるかもしれない。驚きの感情は継続しないけど、他の感情の中には継続するものもあるし、理論化しようとしても実はできないものが感情じゃないかしら」

早希が僕の方を向いて、優しい目で諭すように告げた。

「感情は無限にある。あなたが悩んでいるものはその無限の中の一つとか二つでしかない。そのことで疎外感を感じることはないんじゃない？」

午後、早希と幼稚園の前で子供たちが出て来るのを待った。

僕たちは無言だった。

早希がググって見せてくれたカラフルな『プルチックの感情の輪』が頭の中に焼き付いて離れなかった。

複雑そうで、実は綺麗な人間の感情。僕の心は何色なのだろうと考えていた。

ベルが鳴り、いつも通りに幼稚園の門が開き、二希とミミが仲良く連れ立って出てきた。

「わーい。パパは仕事をやめたから毎日迎えに来てくれるんだよ」

二希が僕に抱きついて大きな声で言い放った。

「もうずっと働かないでね。大好きなパパに毎日お迎えに来てほしいもん」

「いいなぁ。ミミのパパは仕事だから朝送ってくれるだけだもん、うらやましい」

ミミが唇を尖らせながら芝居がかった口調で言った。

わーい、わーい、と二希が騒いでいる。

「ママは？　二人でくればよかったのに」

「ママは友達と会ってる。パパと喫茶店でケーキでも食べてから帰ろうか」

「うん！　やったー」

早希がミミの手を引いて遠ざかる。僕は暫くその後ろ姿を眺めていた。

11　純志の場合

「昨日は変わった様子はなかったけど」

　理沙の目がどことは言えない場所を忙しなく動いて記憶を辿っていた。俺たちはホテルではなく、会社のビルからほど近い喫茶店で向かい合っていた。

「でも、どうやってあたしたちの関係を見破ったのかな？」

「見破ったと言い切れるの？」

「わからない。でも、なんらかの確信があるのは確かじゃないかな。でも、あたしは何も言ってないし、ジュンジュンは何かバレるようなことした？」

「何も。何一つ俺からは漏らしてない。掲示板のメッセージやアクセス履歴は毎回消去しているから見られることもないし、あり得るとしたら」

「あり得るとしたら？」

「どっちかが後を尾けられたとか……」

　理沙が口を半分開いて、息を飲んだ。

「俺のオフィスはあれだけ巨大なビルの中だから、何万という人の出入りの中から探し出すのは難しい。それにホテルに行く時は警戒をして、同僚に怪しまれるのもまずいから、いつもの通用口は使わないで地下の駐車場脇から出て裏道を利用している」

「ちょっと、あたしが芽依汰につけられたとでも言いたいの？」

「芽依汰さんかどうかわからないけど、或いは、早希かもよ」

「でも、あたし……、そうか、そうね、あたしがつけられたのかもしれないね……」

「とにかく、決定的な瞬間を芽依汰さんに握られたということだろう。それならば辻《つじ》褄《つま》が合うじゃないか。君から聞いていた彼の言動、家の前で帰りを待ち伏せとか、ほら、すべて繋がる」

理沙は目を閉じ、暫く黙り込んでしまった。

これまでのでき事を反芻しているようであった。それから嘆息を零し、やれやれ、と自分に言い聞かせるような感じで呟いた。

「どうしよう」

「そこなんだよ。問題は芽依汰さんがこのことを早希に話しているかどうか、だと思う。彼女の出方が怖い」

理沙の相好が崩れ、けれどもその笑顔はまもなく凍り付いた。

「だからね、いいチャンスだから、この際みんな一度壊れちゃえばいいんじゃないのかしら。そしてみんな離婚しちゃえばいい。あたしはジュンジュンと一緒になりたい。ミミちゃんのお母さんになることもできる」

「ミミのお母さんは一人だよ」

強い口調で反論した。理沙の顔がきつく変化したので慌てて視線を逸らさなければならなかった。

人間関係はすべてこの視線で成り立っている。

自分と理沙の出会いも視線で始まった。早希とも視線が絡み合って結婚へと繋がった。人間が関係を終わらせる時はその視線が途絶える。

理沙の視線から逃げた。芽依汰の視線からも逃げた。今朝は早希の視線からも逃げ出した。

「とにかく、どうするか考えよう。バレてしまったんなら、逃げられない」

「ジュンジュン、奇妙ね、あたしたちっていったいどういう関係なのかしら？」

理沙が視線を遠くに放り投げてからぽつんと呟いた。

「夫婦じゃないし、恋人と言えるの？　あなたはあたしに、嘘つけないからだよ、と言った。あたしを愛していないのはわかったわ。性愛だけで繋がった悲しい二人……」

自分の視線が自分の意思とは別に、勝手にテーブルの上を這いまわった。

どことは言えないテーブルの上を定まらない焦点のまま漂流し続けている。

コーヒーカップの上を、ティースプーンの上を、お冷の入ったグラスの水滴の横を、

……。

「ジュンジュン、こういうことになったらもうあたしとの関係を続けたくないでしょ？」

再び二人の視線がぶつかった。

理沙のすべすべした皮膚の柔らかさや臀部や胸や腰の肉の弾力や尖った舌先やあの抱き合っている最中の妖艶《ようえん》な表情を思い出した。

二人は初めて入った喫茶店の一番奥の席に陣取っていた。

壁際に自分が、入り口に背中を向ける恰好で理沙が座った。

彼女の背後にカウンターがあり、店員がコーヒーを淹《い》れている。

二人以外には数人の客が窓際を埋めているだけだった。

理沙は背筋を一度伸ばしてから、おもむろにカーディガンの金色に輝くファスナーの引手を細い指先で掴み、俺の目を見つめたままそれを一気に引き下ろした。

まもなく胸の谷間が出現した。

二人の視線は不意に強く結びつきあった。理沙はさらにファスナーを下ろし続けた。どうやら下には何も着けていない。

腹部の辺りまでファスナーを下ろすと、視線を逸らすことなく、片方の手で素早く前をはだけてみせた。

自分にしか見えない位置だったが、彼女の生々しい乳房が白昼堂々と顔をのぞかせた。

公の場で、繰り返してきた逢瀬を思い出し、肉芯が疼《うず》いた。

冷たい欲望がそこに横たわっている。

音もなく、言葉もなく、ただ静かに記憶の中であの日々の香りを感じた。

彼女の身体の弾力や触感を思い返してしまった。扉の開く音がして、新しい客が数人入店してきた。

彼らは店員が指さす俺たちの横のテーブル席目指してやって来た。

足音は聞こえているはずだが理沙は動じず、前をはだけたままだ。

彼女は冷たい目で、試すような、暗い視線で、俺をずっと見ている。

この人のことを自分はどう思っているのだろう。この人は俺のことをいったいどう思っているのだろう。

性愛だけで繋がってきた二人。

性と愛は両立できるのだろうか？

それとも性愛というもう一つの形が存在するのか。

テーブルとテーブルの狭いスペースに最初の男が理沙に背中を向ける恰好で割り込んだ。

理沙がこのままファスナーを戻さなければと考え激しい動悸《どうき》に見舞われた。

会社員は横向きのまま壁際の席へとカニ歩きした。俺は視線で強く訴えた。理沙は視線を逸らすことなく、引手を首元まで戻した。

胸の丸みが気になった。男たちは座るなり息つく暇もなく仕事の話を始めた。

「二度と会わなくなってもあたしは平気だけど、ジュンジュンは平気？」

理沙が僅かに前屈みになって、耳打ちするような声でそう告げた。

「別に何も変わったことはないけど。なんで？」

と俺は早希に背を向けたまま、ネクタイを緩めながら、そして内心ドキドキしながら、心を隠しながら、声を押し出した。

珍しく早希は俺が着替えるところまでくっついてきて追及の手を緩めなかった。

芽依汰が早希に疑念を相談したのに違いない。

どのような展開が待っているのか想像もつかなかったが、とりあえず今は嵐が通り過ぎるのを待つしかなかった。

「今日、誰かに会った？」

「たくさんの人に会ったけど、誰のこと？」

さりげなく、訊き返した。

様子を見ながら、次の出方を探るしかない。早希に悟られないように何食わぬ顔で着替えを続けた。

でも、内心は青ざめ、芝居ができなくなるくらいに身体は震えている。

「そうなんだ、変ね。じゃあ、昨日、会社帰りに誰かと会わなかった？」

「いったい、どうしたの？」

俺はジャージを頭からかぶりながら、でも、そこから逃げ出したい気持ちを必死で堪えながら、平静を装いながら、舌打ちを我慢しながら、いつものように吐き捨てた。

「これはいったいどういう追及なんだ？」

振り返り、早希と対峙《たいじ》した。逃げられない、と思った。

すると早希は首を傾げてから、まあ、いいけど、何もないならそれでいいのよ、と告げて部屋を出ていった。

素早く掲示板にメッセージを書き込んだ。

『あいつに探りを入れられたけれど、核心までは突かれなかった。もしかしたら証拠は掴んでいないのかもしれない。もう少し様子を見てみたい。なので、そちらもどんな感じなのか、あとで状況を伝えてほしい。思い出したけど、彼からの追及に対しては、俺からは一言も返事をしていない。否定も肯定もしなかった。或いはそれが功を奏したのかもしれない。ともかく、様子をみよう』

その一時間後、掲示板に理沙からの書き込みがあった。

『こちらも特に変わった動きはないかも。あの人とはいつも通り、子供を挟んで食事をして、今、お風呂に入ってる。あなたのことは一言も訊かれないし、その話題にさえならない。それはあまりに不自然で、奇妙な感じだけど、下手に探れないから、こちらも様子みてる。次はいつ会えるかな？　できれば不安だからすぐに会いたい。明後日、木曜日の昼とかに。危険なのはわかっているけど、用心して行きます』

こんな状況で会えるわけがない、とその時は鼻で笑ったが、不安とその裏返しのようなじわじわと迫り来る灰色の欲望には勝てなかった。

それ以上の早希の追及はなかったし、やはり証拠を握っているわけではなさそうだった。

何が起こっているのか、俺と理沙はもっと状況を分析する必要もあった。

俺たちがあの二人に隠れてキスをしたのがすべての始まりだった。

でも、俺だけが悪いとはどうしても思えない。俺に関心のない早希にだって非がある。

理沙が俺の誘いに応じたのは芽依汰が理沙を抱けないからに他ならない。

俺や理沙だけが悪いと誰が言いきることができるのか。

不倫をされた側にも何パーセントかの責任はある。

世の中は不倫不倫と騒ぐけれど、みんなが少しずつ悪いからこのような世界になった。

誰か一人を悪者にして追い込んでトカゲの尻尾切りのようにするこの世界の集団主義こそが一番悪い。

「何を考えているの？」

理沙が俺の耳元で言った。

肉体の海で泳ぎながらも、つい余計なことが頭の中を巡ってしまい、いつものような底なしの性愛に溺れることができずにいた。

「お願い、抱き合ってる時はあたしのことだけ考えて。欲望に集中しないのは失礼よ」

理沙が俺の首に手をまわしてきた。引き寄せられ、二人は口づける。集中しなければ、と思った。この性愛の中にこそ自分の居場所がある。激しく舌を絡めあい、彼女の柔らかい舌先を吸い続けた。

二人の唇は吸引しあうように吸い付いたまま離れなくなった。下半身は肉芯で一つに繋がっており、上半身は唇と舌先で繋がり、メビウスの輪。電気的エネルギーが二人の身体をぐるぐると循環し始めていた。

コンドームを付けないでほしいと理沙が言うので、俺は毎回ぎりぎりのところで射精を堪えなければならなかった。

いったいこの忍耐強いエクスタシーをどう表現していいのかわからない。

これも愛の産物なのだろうか。

二人の肉体が順応を始めている。それが証拠に、俺も理沙も激しく動くことや求めあうことをせずとも快感の頂点が持続した。

二人はただ連結したままだったが、なのに、エクスタシーを交換できるようになった。

風や波に乗るまでにはある種の肉体的な努力やプロセスが必要だったが、いったん、風や波のようなエネルギーの波動に乗っかってしまうと、エクスタシーは持続され、自動的に循環し、快楽の頂点が永遠に続くようになった。

このことを理沙の肉体を通してはじめて知り、経験した。

継続するエクスタシーの中で俺は毎回頭頂の奥に淡い光りのような神を見るようになった。

後光を纏った神は肉体を連結させた性愛の動物たちを静かに見下ろしている。

欲望を超越したところに出現する神なのかもしれない。

ならば性愛の神とでも名付けようか。

いや、性愛を司る神であるならば、その存在こそが生き物を操る本当の神かもしれない。

意識とか倫理とか観念とかそういう人間的な思考を超えて、エクスタシーの宇宙に二人は浮かんでいた。

思考は停止し、音のない光りの渦の中心で浮遊した。

人間が到達できる最高峰の場所といっても過言ではない。

なぜ神はこのような快楽を作ったのだろうか、いったい何のために。なぜ、この快楽を持つことのできる人間と、経験できない人間とに分かれる?

早希や芽依汰が決して見ることのできない本当の神の領域がそこにある。

早希はいつもオカルト的な話を好んでする。しかし、彼女の妄想する神は所詮頭の中に存在する彼女が生んだ形式だけの概念の神に過ぎない。

神という言葉は人間が生んだ。

でも、本当の神は性愛の中にしか出現しないことを、少なくとも俺は知っている。

俺が信じる神というものはエクスタシーの中にいる。いや、エクスタシーが神なのだ。

この真空に放り出され、大宇宙の中心でありとあらゆる細胞の記憶を超えて漂う絶頂感は人間にだけ、しかも一部の奇跡的な出会いを得たカップルにだけ与えられる特別なもの。

そのための肉体を持った二人がこうやって出会う確率とは？

理沙の鍵穴に俺の鍵がぴったりとあって、二人の扉が同時に開いた瞬間のこの果てしない光りの放出に神の意思が関与していないとは到底考えにくい。

ならば、そういうものをなぜ神は設計したのかということになる。

人間が持っている道徳観念は誰が作ったものだろう。人間が社会を維持するための、自分の妻を奪われないようにするための、自分と他人の線引きをするために拵えた、無法な世界から人類を守るための、所詮、人間的法律の一部に過ぎない。

もしかするとそういう倫理や道徳というものでさえ神がもともと人間に与えた信号の一つかもしれないが、それを超えた時に開く世界も実は予《あらかじ》め用意されていたのだ。古代ギリシャの文献に書かれている通り、不倫というものは大昔から変わらずに存在し、人に何千年とやきもちを焼かせ続けている。

これほど長い年月が過ぎても、古代ギリシャの憎悪と同じものがこの世の中を支配しているのは何故か。

「今日は大丈夫だよ」

理沙が俺の唇から離れた瞬間に素早く告げた。まるで海面に浮上した瞬間に息継ぎをするような感じだった。告げながら、呼吸をしていた。

俺は、何が、と訊き返した。

「中で出していいのよ。排卵の後だから、できない。我慢しないで、そのままあたしの中にすべてを吐き出して！」

言うなり、理沙は再び海中に潜るような勢いで激しく口づけをしてきた。

彼女の柔らかい唇が俺のを塞ぐ。泡が二人の唇から溢れ、海面を目指した。

この口はものを食べるため、話をするために、息を吐きだすために神が作ったと思うな。

けれどもこの口は相手とキスをするための最初の接合の道具として神は最初に建設計画を持った。

これはもしかしてもっと大きな愛なんじゃないか、と俺は気が付いた。このエクスタシーの向こう側にあるものをこそ純愛と呼んでみたい。

「いいのよ、ジュンジュン。ほら、あたしの中でして」

理沙の甘い声が俺を誘惑した。

その瞬間、意識は白濁した。我慢していたありとあらゆるエネルギーが彼女の鍵穴の中へと全速力で放熱されていった。

物凄いエネルギーの放熱が連結された肉体を超高速で何周もぐるぐると巡りはじめた。

肉体の中心から噴き出す勢いで、俺は大きなうめき声を張り上げてしまう。

次の瞬間、暗黒宇宙の中で光りに包まれた神が俺を絞め殺すような力でぎゅっと抱き留めた。

理沙を愛しているのかもしれない、と初めて思った。

でもそのことを言葉にはできなかった。

言葉にしない俺のことを理沙はきっと不満なのに違いない。でも、言葉よりももっと高尚なものが肉体的交接の中にはある。

放熱した後、こうやって理沙に抱きついている時に感じる至福を言葉にしたくなかった。

男はきっと理解するまでにものすごく長い時間を必要とする。

逆に女は目に見えるものだけを欲しがる。

男は一つ一つのでき事を皮膚や細胞や肉体が理解した上で頭の中へと戻していく。

けれども、一度、愛おしいと思ったら、もう引き返すことはできない。

それはとっても危険なことでもあり、性愛においてとっても重要なことでもあった。

12　早希の場合

私の中で暴れているこの感情は怒りなのだろうか？　それとも嫉妬？

純志は芽依汰が言うように私を裏切っている可能性が高い。しかもその相手は理沙なのだ。彼女も私を裏切っている？

芽依汰は家族崩壊を嫌い修復作業に入った。でも、私は悩んでいる。純志の裏切りは、もしそうだとするならば、越えてはいけない境界線を大きく踏み越えている。娘の幼稚園の同級生の、しかも家族ぐるみの付き合いがある家庭の人妻がその相手なのだから、それが真実ならば、到底許されることではない。

じゃあ、私はどういう報復措置をとればいいのであろう。

こみ上げてくる怒りに震えながら、もう一方で冷静な自分が計画を練りはじめている。

純志は私の妻としてのプライドをへし折った。理沙は友情を踏みにじった。この二人に最大限の報復をしなければ気が収まらない。

私は娘を連れて家を出ることもできる。

裁判を起こし離婚するのが一番わかりやすい報復かもしれない。

私を馬鹿にして、妻としてのプライドをへし折ったその罪は大きい。

最終的に娘に悲しい思いをさせることになるのだから、それ相応の償いをさせなければならない。

じゃあ、理沙はどうしてやろう。夫を誘惑して、私を侮辱したこの女の罪は純志を超えて遥かに大きい。

きっと理沙が純志を誘惑したのに違いない。芽依汰を欺き、子供たちを苦しめる、諸悪の根源に他ならない。

ただ非難するだけじゃ私の気持ちは収まりそうもない。

「芽依汰さん、あなたには怒りという感情はないの？　怒りは八つの基礎感情の一つなのよ」

子供たちを幼稚園に送り出した後、私たちはいつもの幼稚園の近くのカフェで向かい合った。

言い過ぎたとは思ったが、私は誰かにこの気持ちをぶつけたかった。

「あるけど、それは気持ち全体からするとほんの一部に過ぎないし、その、僕にとっては重要じゃないんだよ」

「感情で人は動く生き物よ」

「しかし、どんな時も冷静であるべきだ。人間は愚かだから一時的な間違いを犯す。それをいちいち責めても解決には繋がらない」

「なんの解決？　私は芽依汰さんのように聖人にはなれないわ」

「僕は普通の人間だよ。苦しみは変わらない。でも、君の気持ちはわかる。言いたいこともわかっている」

「復讐したい」

「何に？」

「この世に私を産んだ人に」

私は芽依汰の目を見つめた。少なくとも今の私の味方はこの人だけだ。

この広い世界の中で芽依汰一人……。

自分を産んだ母親とは滅多に会うことがない。

ミミが生まれた後もほとんど会ってない。一年に一度、正月などに顔を合わせる程度で、しかも私の方から実家に行くこともほとんどない。

母親が付き合う男たちに会いたくないからだし、彼らはしょっちゅう変わるのでその都度取り繕うのも嫌だった。

それに思い出したくない記憶は絶対に思い出したくなかった。

「理沙は？」

「友達に会うと言ってた。ランチをするらしい」

私は吹きだしてしまった。

「純志と会うのね、また」

「そうかな」

「ええ、そうに決まってるでしょ。跡をつけたらよかったのに。尻尾を掴むことができたかも」

「いいよ、そこまでしたくない」

私は窓の外を眺めた。

人の誰もいない児童公園に淡い光りが静かに降り注いでいる。

朝でも昼でもない穏やかな午前中の微睡《まどろみ》がそこには広がっている。

退屈がいけないのだ、と私は思った。退屈……。

ねぇ、と私は呟き、芽依汰へ視線を戻した。

「うちに来ませんか？　お昼何か作りますよ。どうせ、お互い一人ならば一緒にご飯でもしましょう。裏切られている者同士」

私たちは食事をする前に寝室のベッドに並んで横たわった。

芽依汰は最初強く拒んだが、私が必死にお願いをし、頼み込んで、いつも私が寝ている側に寝てもらうことになった。

「これは復讐ではないし、あの人たちの真似をするつもりもないの。ましてや、あなたに迷惑をかけるつもりもないから安心して」

と私は芽依汰を説得した。

「私にほんのひと時、心の安らぎをください」

並んで横たわった私たちは一緒に同じ天井を見上げた。

窓は開いており、陽射しが入り込んでいた。いつもは暗く冷たい寝室だったが、芽依汰がいることでそこはいつになく穏やかな空間となった。

私たちは暫く黙ったままであった。

私は『なぜこのような人生を生きているのか』と考えた。

幼い頃から今日までの自分の人生を振り返ってしまう。

一人っ子で、父親の記憶がまったくなく、母とは心が通じず、結婚をした夫には浮気をされ、いったいどこに自分の休まる場所があるというのか。

このまま一生この絶望を抱えて生きていくのだろうか。

そう自分に問いかけた瞬間、不覚にも私の目じりに何かが溢れ出してしまった。横に芽依汰がいる安らぎのせいもあった。その小さな噴出はまもなく私の心の根っこをも濡らし、揺さぶった。

我慢しようとすると、抑えられない感情が吹き荒れ、それは心を引き裂いて飛び出していき、飛び出した感情同士が響きあって、混ざり合って、内部から出現したありとあらゆる感情が混合しはじめ、そこに巨大な感情の輪を出現させた。

そして私はついに芽依汰の横で号泣をしてしまう。

堪えよう堪えようとすればするほど感情が高ぶって、溢れ出るように涙が出てしまった。

呼吸がままならなくなり、私は目を閉じ咽《むせ》び泣いた。

すると横から伸びてきた芽依汰の手が、行き場を失った私の手を握りしめた。

まるで溺れかけた人間を誰かが救うような感じ、私は荒れた海原からぐいぐいと引っ張り上げられていった。

彼の方を見ると芽依汰は天井を見上げたままであった。その横顔の無表情とは裏腹に彼の手は温かく強くそして頼り甲斐があった。

私を慰めるようにそこには優しくて温かい力が込められていた。その優しさが私の気持ちを解放させた。
私は自分でも驚くほどに泣き続けた。
こんなに涙が出るのかと思うほど大量の涙が頬を伝い、純志の枕を濡らした。
それが私のささやかな報復だったのかもしれない。
私は泣くことでカタルシスを得た。
滲む網膜に留まる光りの中に尊いものがあった。
私は自分を制御することをやめた。
泣き止むまで泣き続けることを許した。
その間、ずっと芽依汰は私の手を握り締めていてくれた。
そのうちに少しずつ私の気持ちも落ち着きを取り戻していった。
激しく荒れていた海が穏やかさを取り戻すような感じで感情の海が凪《な》いでいった。
吹き荒れていた風が止んで、遠くの空に晴れ間が見えた。
「ごめんなさい」
泣き止んだ私は天井に向かってそう告げた。
「いや、いいんです。泣きたくなったらいつでも頼ってください」
芽依汰も天井に向かって呟いた。

「ありがとう。普段、我慢しているんだと思う」

芽依汰は返事をしなかった。再び沈黙が二人を包み込んだ。

けれどもその無言は純志との沈黙とは異なり心地よい静寂でもあった。

ずっとこうしていたいと思った。

彼の手はぬくもりに満ちていて、握られていて幸せだった。

自分は孤独なケなのだ、と思った。その前に人間なのだ、と感じた。

生きているのだ、と自分自身に私は言い聞かせた。

夕方、幼稚園に娘を迎えに行くと、芽依汰ではなく、理沙がいた。

理沙の後ろ姿を見つけた時、私は芽依汰と見上げた天井に波打ち揺蕩《たゆた》う昼の神々しい光りを思い出してしまった。

あの光りの中に私は私を創造した神を見ていた。

理沙が私を振り返り、あ、と告げるなり笑顔を拵えた。

でも、私は表情を変えることができなかった。

彼女の横に立つと、静かにじっと幼稚園の建物を見つめた。

理沙がまるで詩でも朗読するような感じで喋りだした。

「芽依汰と別れることに決めたの。もちろん、まだこの気持ちは彼に伝えてはいないけれど……」

とっても静かな室内楽の演奏を聴いているような声の響きでもあった。

私は彼女の横顔を穏やかに振り向いた。

背筋を伸ばしたチェリストが黙々と演奏に向かっているような感じがした。

鼻筋の通った綺麗な横顔だった。

私はどうしたいのだろう、と自問した。

理沙が芽依汰と別れるなら、私が彼を支えたいと思った。

じゃあ、私も純志と別れたらいいのじゃないか、と思った時、門が開いて、子供たちが一斉に飛び出してきた。

全速力で走って来た二希が理沙に抱きついた。

少し遅れてミミが私に飛びついた。

私は我が子に微笑みを向けた。

そのまま踵を返すと理沙たちには何も残さず、その場を後にした。

13　理沙の場合

何も言わずに早希がミミと帰って行ったので、あたしは二希を抱きしめたまま、二人の後ろ姿を暫くの間、微笑みながら見送った。

ミミが二希を振り返って大きく手を振ったが、視界から消えるまで早希はあたしたちを振り返ることはなかった。

そこには何か得体のしれない強い決意というものが感じられた。

やはり、ジュンジュンとのことを見破られているのかもしれない。

それならそれでもうしょうがない、とあたしは諦めた。ともかく、芽依汰と別れよう、とあたしは心を固め、二希の肩を抱き寄せた。

「よく考えた上でのことなんだね？」

「ええ、芽依汰、そうよ」

二希が芽依汰の子ではないかもしれない、と告げるのは控えた。まずは正々堂々と気持ちが離れてしまっていることを伝えなきゃと思った。

「なぜ、別れるの？　純志さんのことが好きなの？」

あたしはすぐに返事をせず、じっと、芽依汰の目を指先でつつくような勢いで覗き込んだ。あたしたちは長いこと睨みあった。

自分の意志が変わらないことをあたしは怯《ひる》むことのない視線で訴え続けた。

「ちゃんと説明してもらわないと納得できないよ。僕に離婚の意思はないし。家族を一番に思っている」

「あなたが家族を大事に思う気持ちはよくわかるけど、あたしは生きているし、これからも生き続けなければならない。あたしは化石じゃないんだから」

「会社を辞めてこんなに大変な時に？　別に今じゃなくてもよくないか？　仕事を辞めて人生を見つめ直そうとしている夫をその瀬戸際で後ろから谷底に蹴落とすつもり？」

「それとこれとは別の話です。どのタイミングであろうとあたしの意志は変わらなかったと思う」

「もう一度訊くけど、それは純志さんが原因なんだよね？」

「それは関係ない」

あたしは小さな声で反論した。そこには肯定の意思が宿っていた。関係ない、と言い終える前にあたしの視線は中空を漂ってしまったのだから。

半ば二人の関係を認めるような否定でもあった。

芽依汰は顎を引き、珍しく唇をへの字に歪《ゆが》め感情をうっすらと表に出してきた。

たぶん、この人と出会ってからのこの歳月の中でこんな感情的な顔を見たのは初めてのことかもしれなかった。

「僕は離婚をするつもりはない」

「あたしは裁判をしてでも離婚をします」

「裁判？　二希はどうする？」

あなたの子じゃない、と言葉が再び喉元まで出かかってあたしは自分の感情を必死で抑制しなければならなかった。

そこまで彼を苦しめてはいけない、と思った。

でも、医師はこの問題をこのままにしておいてはいけない、とも言った。

それははっきりさせることだ。たとえば遺伝子検査を行うとかして。

でも、今は言えない……。

最後の最後、話がこじれた時に、あたしが壊れる前に……。

「一時の気の迷いだから、よく考えた方がいい。いきなりそんなことを言ったら芽依汰さんだって驚くし、気の毒だ」

あたしは一瞬彼の言葉を反芻した。気の毒？

気の毒って、ジュンジュン、それどういうことよ？

「だから、二希ちゃんのこともあるし、よく考えなきゃダメだってことだよ」

とジュンジュンが言い繕った。あたしは気の毒じゃないの？

「あたしこそ気の毒でしょ？」

ジュンジュンは目を伏せてしまった。

「あたしが一番気の毒じゃん。違うの？」

「理沙、まて」

「ジュンジュン、あたし、あなたとも別れる。まず、離婚する上であなたのせいにしたくないから、ジュンジュンとも別れることにしました」

それしか方法がないとあたしは決意して挑んでいた。

帰り道、あたしは歯を食いしばった。

交差点で立ち止まり、彼が勤める高層ビルを振り返りながら、これからどうしよう、と自分に向けて一人呟いた。

頑張らなきゃ、とはっきりと言葉にしてみた。でも、何を？

信号が青に変わったのであたしは再び顎に力を込め直して横断歩道を渡った。

『俺とも別れるというのは理解できない。気持ちはわからないではないけれど、俺と別れる必要まではないだろ』

『少しだけ会わないようにしたらいいんじゃないの？』

掲示板のメッセージを削除しなきゃと思って覗くと、ジュンジュンからのメッセージが次々に届いていた。

『なんで返事くれないの？』

『君たちが離婚することと俺らの関係を一緒くたにしてもらっては困る。俺は君のことを愛しているんだ。やっと言葉にできるようになった。愛している』

不意に愛しているという言葉が飛び出してきた。

この無頓着《むとんちゃく》さにあたしは腹が立った。

今まで一言も愛していると言わなかった癖に、別れると言った途端の愛の言葉にどれほどの信憑性《しんぴょう》があるというのか。

嘘をつきたくない、と言ったじゃない！

あたしは怒りに任せてスマホからクロームそのものを削除してしまった。

その瞬間、あたしはせいせいしていた。少しだけ楽になった。すべてから自由になるのだ、と自分に宣言していた。

そのまま家に帰ると芽依汰と二人きりになってしまうので、幼稚園が終わるまであてもなく外を歩いて時間を潰すことにした。

彼が仕事を見つけるまで、或いは離婚が成立するまであたしはずっとこうやって外をふらつかなければならないだなんて、なんて不条理なんだろう。

二希を連れて実家に暫く身を寄せることもできる。

老舗の洋菓子店を営む両親は健在だし、今は弟が父親の仕事を継いで経営の中枢を担っている。最悪の場合は両親に二希を預けて働きに出ることも可能だった。

実家は同じ私鉄沿線にあり一時的な避難所としては最適かもしれない。

ラッキーなことに、父も母もいつもあたしの味方だ。

結婚後のこれまでのことをきちんと説明すれば応援してくれるはず。

ショップやカフェが軒《のき》を連ねるおしゃれな都心の商業地区を歩きながらあたしは作戦を練った。

離婚の意志は関係者すべてに伝えた。

賽《さい》は投げられた。

交差点の反対側に聳える商業ビルの屋上に法律事務所の大きな看板があった。離婚調停という言葉が目に留まった。

そうか、次にあたしがすることはそれなのだ、と悟った。

スマホを取り出し、看板に書かれてあった電話番号を撮影した。

その時、思わぬ人からのラインのメッセージが飛び込んできた。

なんていうタイミングなの？

あたしは思わずスマホを覗き込んでしまう。

『げんき？　どうしてるかなと思って。うわさで君が幸せそうだと聞いて、余計なことだとは思ったのだけど、過去からの祝福を送りたいと思って、おめでとう。このアカウント、まだ使ってるといいんだけど……』

ラインが普及し始めた頃、はじめてラインの交換をやったのは京先輩だった。でも、彼女と交換したメッセージは多くない。

この八年、忘れていたけど、まだ繋がっていた。消さずにおいてよかった。

あたしは迷わず無料通話のボタンを押してしまう。

呼び出し音が数回鳴った後、八年ぶりに京先輩の声がスピーカーから飛び出してきた。

交差点の信号が青に変わったが、あたしは後ずさりして一旦ビルの谷間の暗がりへと待避することになる。

「理沙、びっくりした。君なのね」

「物凄いタイミング、驚いたのはあたしです。先輩はどうしているの？」

「相変わらずだよ。バレーボールはもうやってないけど」

彼女は笑った。

何からどう話せばいいのかわからなかった。

でも、このタイミングで突然連絡があるということにいったいどんな意味があるのか、鈍感なあたしにでもわかることだった。

会いたい、と思った。会わなければならない、と思った。

「理沙、お子さんがいるんだってね、女の子？」

あたしは小さな声で、うん、と言った。

先輩は変わらないさばさばとした明るい声で、おめでとう、と言った。

雑木林で重ねた唇の切ない感触を思い出す。封じ込めていた様々な思い出が脳裏を掠めて行った。

今すぐに会って相談したいと思った。

先輩ならばあたしを導いてくれるに違いない、と思った。

気がせき、言葉がなかなかまとまらない。胸が熱くなった。そこには永遠があった。

「理沙、今どこ?」

あたしは自分のいる場所を説明した。嘘、ほんと? 私、すぐ近くにいるのよ、と先輩は言った。

「会いたい。会いたいです」

とあたしは声を張り上げ、少女のように叫んでいた。

交差点のビルの上の弁護士事務所の看板に書かれた離婚調停という文字が再び目に飛び込んできた。あたしは頭を振って現実を追い払わなければならなかった。

「でもね、会わない方がいい」

すると数秒の間《ま》を経《へ》て、意外な返事が戻って来た。

「どうしてですか? 今日じゃなくてもいいんです。いつでも、昼間なら比較的自由に出られます。小一時間でいいから会ってもらえないですか? 十分でも構わない」

「多分、その交差点から二、三分のところで私は働いているのよ。こんなに広い地球で、繋がったと思ったら、信じられないくらい近くにいるんだもの、驚く」

「すぐに行きます。どこ?」

京先輩が喉を鳴らした。残念な感じのため息が届けられた。

「会いたいのはやまやまだけど、今はそういう気持ちになれないの。もう昔とはなにもかもが違ってる。理沙との思い出を大切に胸に仕舞って生きていたい。今の私はもう昔の私とは違う。全然別人なのよ。現実にがんじがらめで、輝きも失くしているし、何よりも生活に追われていて、その、君をがっかりさせたくない。バレーボール部のキャプテンだった頃の私じゃないの。なんとなくわかるでしょ？　太ったし、子供も三人抱えているし、夫に愛されているし」

あたしは思わずスマホを睨みつけてしまった。夫に愛されている……。

「それは素敵なことじゃないですか」

精一杯の言葉をあたしは絞り出した。ありがとう、と先輩は言った。

「声を聞けて嬉しかった。理沙、元気でね」

「はい、先輩も……」

「じゃあ」

不意に切断されてしまった。

あたしは壁に背中を預け、目を閉じ、奥歯を噛みしめてすべての力を振り絞って泣くのを堪えた。

泣くのを堪えた。

泣くのを、堪えた……。

家に戻ると二希が飛び出してきた。

「ママ、どこ行ってたの？」

あたしは靴を脱ぎながら、お散歩よ、と言った。

「次のお休み、ミミがうちにお泊まりに来ることになったの？　いいでしょ？」

あたしは驚いて顔を振り上げた。目の前に笑顔の二希がいた。

「この間のありがとうでね、泊まりにおいでよって言ったの。そしたら喜んでた」

ダメよ、と言いかけた時に、後ろから芽依汰が顔を出した。

「僕は何も言ってないからね。これは二人で決めたことなんだから。いいじゃないか。この間のお礼をしなきゃ、今度はうちで預かろう」

「ダメよ」

「ママ、遊園地に行く？　みんなで、そのあと、ロイホに行こうよ」

あたしは小さな声で二希の興奮を遮った。意外な返答にあっけにとられ、二希が不意に真顔になった。

「どうして？」

「その日、ママ忙しいのよ」

「大丈夫だよ、僕が二人の面倒を見るから」

「ダメ！」

思わず大きな声を張り上げてしまった。

二希の目に涙が溜まり始める。

喜びを一瞬で否定された娘は背後にいる父親の胸に飛び込んで泣きだしてしまった。

「週末の予定はないし、君には迷惑かけないから、いいじゃないか。かわいそうだろ？

この子たちが自分たちで決めた計画なんだよ」

「あなたは卑怯だわ！　絶対にダメよ」

あたしはそう言い残し、二人の横を素通りして寝室へと逃げ込んでしまう。

遠くから大泣きする二希の声が届いた。

あたしはベッドの上のキリンのぬいぐるみソランを手で掴まえ引き寄せ、抱きしめようと思ったが、不意に怒りが爆発し、その怒りに任せて床に叩きつけてしまった。

長い首がへし折れた恰好のソランを暫く見下ろしていた。

二希の泣き声が号泣へと変わる。必死で慰める芽依汰の声が重なった。

あたしはしゃがみこんでソランを拾いあげぎゅっと抱きしめながら、

「ごめんなさい」

と謝った。

14　芽依汰の場合

娘を幼稚園に送り届けた後、僕は久しぶりに遠出することにした。

とりあえず前から行きたいと思っていた古都の鎌倉へと向かった。

都心から電車で一時間半くらいの場所にあり、小さな編成の電車が海沿いの町を繋いでいる。

高校生の頃に修学旅行で一度、その後、大学の時に最初の恋人と行った。

そこへもう一度行きたいという強い願望があるわけではなかった。

正直、どこへでも行けるということに喜びを感じてもいた。だから、足の赴くままに僕は電車を乗り継いで古都周辺を散策することになる。

古いお寺を巡り、どこまでも長い商店街を散策し、蕎麦《そば》を食べ、古い家々が点在する住宅地を歩いて、駅前で抹茶のソフトクリームを立ち食いした。

それから海へと向かい、サーフィンに興じる人々を眺めながら、浜辺にしゃがみこんで金波銀波を眺めた。

抱えていた違和感がほんの少し癒されるのを覚えた。

ふと気が付き、僕は笑いだしてしまう。

この違和感も感情の一つじゃないのか？　感情の輪の中の一つに違いない。

約十年勤めた会社だったが、特にはっきりとした不満があるわけでもなかったし、給料が悪いわけでも、上司や部下にありがちな問題があったわけでもなかった。

何か自分だけノリがみんなと違っているように感じられてならなかった。

社長をトップに一丸となって取り組んでいる仕事の輪の中でどうしても馴染《なじ》めずにいる自分に気が付いてしまった。

或いはあの新興の会社が描く夢や目標にひたすら突き進んでいくノリ、についていけなかったのかもしれない。

しょっちゅう大学のサークルみたいに宴会があって、参加しないとならない打ち上げとかカラオケに付き合わされ、好きだとか嫌いだとか不倫だとか純愛だとか、広告のキャッチコピーのような歌詞を聞かされるのも辛かった。

あげくに奥さんとはどうやって結婚したのかと根掘り葉掘り訊かれ、詮索されることにも違和感を覚えた。

このような小さな罅割《ひびわ》れのような違和感がいくつも日々積み重なって、次第に、これは自分の仕事ではないと思うようになった。

できるけど、したくない、というこの感覚は仕事だけじゃなく、恋愛やセックス、生きるすべてのことに共通していた。

その欠落感を他人に説明すると決まって『人間として何かが足りない人』というレッテルを貼られた。

子供のためにも僕は違和感を覚えることのない新しい仕事を探さなければならない。それなりに優秀な社員という自負もあったし、ヘッドハンティングの話もあった。けれども、同じような業種の仕事に就きたいとは思わない。

家族を養えて、自分を殺さないで済む、自分らしい仕事を見つける必要があった。その前に理沙に突き付けられた離婚問題を何とかしなければならない。

僕は立ち上がり、砂を払ってから、海へと向かって歩き始めた。

靴を履いたまま、打ち寄せる波の中へと入った。

ズボンが濡れて波に足を掬《すく》われそうになった。

このアンバランスな感覚こそ今の自分なのだ、と思った。

目を閉じ太陽を見上げた。光りが瞼を押してくる。

平衡感覚を失って僕はバランスを崩し、そのまま海に倒れ込んでしまった。

水面に頭を打つ瞬間、平手打ちされたような鈍い痛みを覚えた。

痛みを感じることはできる。嬉しかった。

嬉しいという気持ちも感情であった。感情の輪の一つだったはずだ。

太陽がひっくり返った。目や口や耳の中に水が入って痛くなった。

溺れそうな感覚もあった。光りが溢れていた。

でも、僕はその刺激を何よりも喜んでいた。

「どうするの？　思わぬ展開だけど」

と早希が言った。

「わからないけど、離婚はありえない」

「でも裁判になったら芽依汰さんが不利かもしれない。あなたのようなセクシャリティをどうやって裁判官に理解させるかが焦点になる」

「待ってよ。僕はこんなことで理沙と争いたくないよ」

「でも、彼女が裁判に訴えるとなれば場所は法廷に移される」

「そんなのは人権の否定だ。僕がいったい何をしたっていうんだ！」

「残酷な言い方かもしれないけど、あなたが何もしなかったことが問題になると思う。いい？　夫婦間で一定期間性関係がなければ、それは離婚の理由に相当するのよ」

僕はため息を漏らした。

「もし、僕が裁判で負けたらどうなるの？」

「二希ちゃんの親権を失うのよ」

「そんな……」

僕は眩暈を覚えた。不意に怒りが込み上げてきた。

これも感情の一部だ。八つの基礎感情の一つじゃないか！

理沙に離婚を突き付けられた時、やっぱりその時が来たか、という認識と諦めが最初にあった。

裁判に持ち込まれた場合、確かに早希が心配するように僕は自分のセクシャリティについてまず説明しないとならない。

一般的な観点からすると、それはなかなか理解を得られにくい釈明になるだろう。

じゃあ、なぜ結婚したのかということになるはずだ。

裁判官にもよるが、性的な関係を築けない自分に非難の目が向けられる可能性だってある。

そのために無理をして理沙とセックスをすれば済むということでもない。

そもそも自分が親になること自体、想像したことさえなかったのだから……。

でも、実際に子供ができるとそこにはそれなりの父性というものも生まれた。

世間一般のマッチョな父親像からするとずいぶんとひ弱な父性だが、それでも子供を想う気持ちは誰にも負けない。

誰にも、純志にも負けない。

負けないというこの強い気持ちも感情の一部なのじゃないか。

「自分が望んでいない裁判で負けて、二希の親権を奪われるだなんて、それは地獄じゃないですか？」

早希は視線を逸らしてしまった。

「でも、このままではそうなる」

「信じられない。そんなことを理沙がするとは思えないし、そんな権利は誰にもない。ましてや裁判所なんかに僕から二希を引き離す権利なんかないでしょう！　僕は親だ」

「でも、それが法律なんだから仕方がない。理沙はそういう手を使ってでもあなたと別れたいということなのよ。芽依汰さん、あなたは目を覚まさなければ」

「どうして？」

早希が僕の前に立ち塞がった。

「でも一つだけ、裁判に負けない方法があるわ。というかすべてに勝利する方法があるの」

僕は早希を見上げた。

「純志と理沙の浮気の証拠を掴んで提出すればいいのよ」

「そんなことに興味はありません」

「ならばあなたは二希ちゃんの親権を失う。それでもいいのね？」

思わず視線を逸らしてしまった。

誰も傷つけたくなかった。心底悪い人間なんていなかった。

でもそうしなければ僕はすべてを失ってしまう。二希を失いたくなかった。理沙も失いたくなかった。僕は誰とも争いたくなかった。

仮に理沙と純志の浮気の証拠を掴んだとして、それは僕が望む勝利とはかけ離れたものでもあった。

不倫は許せないが、これらがすべて明るみに出た時、このことで一番傷つくのは子供たちだった。

二希とミミを守らないとならない、と僕は改めて決意した。

「芽依汰さん、協力するから二人の尻尾を掴みましょう。もしあの二人の尻尾を掴まえることができたら、あなたが望む通りの世界が待っているのよ」

「望む通りの世界？　どういうこと？」

「裁判を回避できる。不倫を証明できる決定的な証拠さえあれば理沙は裁判を起こせなくなるのだから」

15　純志の場合

不思議なことに会えなくなると今までにも増して俺は理沙に会いたいと思うようになっていった。

その思いは日ごとに強くなり、理沙と交わしてきたこの数か月の甘美な記憶のせいで、仕事が全くと言っていいほどに手につかなくなった。

掲示板に何度もメッセージを書き込んだが返事は戻ってこなかった。

グループラインとは別に直接彼女にラインしてもずっと未読のまま読まれる気配はない。

朝、ミミを幼稚園に送り届けることを口実に理沙を探す。しかし、そこにいるのはいつも芽依汰だった。

理沙が自分に会いたくないので夕方のお迎えに替えたか、或いは、芽依汰が理沙と自分を会わせないようにしているのか、とにかく幼稚園前に理沙の姿はなかった。

芽依汰と目が合うと気まずくなって俺はこそこそ逃げだすようにそこを離れた。

理沙のことを早希やミミに訊くこともできず、思いつく限りの手を尽くしたが、理沙は俺の前から姿を消してしまう。

「芽依汰さんと理沙さん、離婚するかもってよ」

ミミを寝かしつけた早希がキッチンで水を飲んでいた俺のところにやって来て、これ見よがしに告げた。

そうなんだ、と他人事のようにつれなく切り捨てた。

「責任感じないの？」

「だからなんの責任？」

二人は睨みあった。自分の嘘には限界があった。

逃げ出したいが、早希が狭い出口をブロックしているせいで出るに出られない。

仕方がないので冷蔵庫を開けて、ワインを取り出し、グラスに注いだ。

「私たちも離婚しましょうか？」

早希の声は穏やかで、どこか自分自身に言い聞かせるような言い方でもあった。

「何を言い出すんだ。話をすり替えるなよ」

「いいえ、私は私なりに家庭を維持しようと努めてきた。でも、もう限界かもしれない。気が付いたの、それしか方法がないのじゃないかって」

その声には次第に力が籠り、核心を掴んだ人間が自分自身を鼓舞するような感じとなった。彼女の視線は二人の間のどことは言えない虚空を睨みつけている。

「冷静になれよ」

「冷静よ、私はずっと冷静だった。あなたが理沙と浮気しているとわかった時だって、ずっと冷静だったのよ！」

「ママたち、どうしたの？」

早希の背後からミミが眠そうな顔で覗き込んできた。

「喧嘩《けんか》しているの？」

「してないわよ」

早希がすっと笑顔を拵え、その声音《こわね》に優しさが戻った。

「パパとママが喧嘩したらミミ悲しい」

俺は中腰になって立ち尽くすミミを自分の方に引き寄せそっと抱きしめた。

さあ、寝ようか、と娘の背中に手を当ててみる。

早希が再び怖い目で睨みつけてくる。その視線から逃げるために、俺は娘をベッドへと連れて行かなければならなかった。

ミミの背中を強く押し、先に行かせることで封鎖された道を突破した。横を通り過ぎる瞬間、早希の吐き出した息が喉元にかかった。

娘が眠りにつくまで、その柔らかい髪を撫でながら、傍《そば》に寄り添った。

「パパ……」

　とミミが呼んだ。

「ここにいるよ」

　この子に不安な思いをさせるのはよくない、と思った。早希の言う通り、その責任は自分にある。自然に重苦しい嘆息が溢れ出てしまった。

「今度ね、二希の家に泊まりに行きたいの。いい？」

「そうだね」

　一瞬、言葉に詰まった。

「二希ちゃんちがオッケーならいいんじゃないかな」

「それがね、二希のママがダメだって」

　ミミが俺の手を握り締めてくる。まだ小枝のような幼い手であった。

「二希のパパはいいみたいなのに。なんでかな」

「……」

「パパから二希のママにお願いして？」

「わかった。今度会ったら話しとくね。さ、もう寝なさい」

「うん」

ミミのおでこにキスをした。まもなく娘の寝息が聞こえてきた。

布団を肩までかけ、立ち上がると、開いた扉の隙間から早希がこちらを強い視線で睨んでいた。

「偽善者」

と彼女は小さな声で吐き捨てた。

その夜、横で寝ている早希の存在におびえながら、自分は朝まで寝たふりをし続けなければならなかった。

浅い眠りと覚醒の間を行ったり来たりしながら、時折、後ろ指をさされるような悪夢にうなされ、何度も覚醒し、ため息を漏らしては再び目を閉じ、終わりの見えない寝苦しい夜をやり過ごさなければならなかった。

翌朝。

「ママ、いってきます」

とミミが大きな声で言った。一瞬、早希を振り返ったが視線を逸らされてしまった。

早希はミミには手を振ったが俺の方を見ることはなかった。もはや視界にさえ入らない存在なのかもしれない。

自分はそれでも無理して微笑みを浮かべていたが、ドアが閉ざされると、不意に激しい疲労感に包み込まれ、頬の肉が下がってしまった。

「パパも二希のパパみたいに会社を辞めたらいいのに」

驚いたので、どうして、と訊き返した。

「だって、そしたら帰りも迎えに来れるでしょ？」

「じゃあ、辞めちゃおうかな」

「そうだよ。家でママと仲良く遊んでたら？」

幼稚園の前で芽依汰と会った。

ミミが手を振り払い、二希の方へと駆け寄った。

芽依汰が表情のない顔でこちらを静かに見つめてくる。

二人は少しの間、向かい合ったまま視線を絡ませあった。

何か言いたげで、そこから去ろうとしない。芽依汰は一度視線を逸らし、上空に広がるくもった空を眺めながら、咳払いをしてみせた。

「理沙に離婚を突き付けられました。でも、二希のことを考えるとそれに従うことができない。理沙は裁判をしてでも離婚するつもりですが、僕は二希のためにもそれは避けたいと思っています。わかりますか？」

自分は何も言わなかった。言えなかった。

芽依汰は自らを納得させるように何度か頷き、口元をわずかに緩めてみせた後、続けた。

「おかしな話だけれど、裁判をすると僕は負けるかもしれないんだそうです。そこで純志さんにお願いがあります」

「なんですか？」

「もし、裁判になったら、あなたたち二人が不倫をしていたと認めてもらいたいのです。あなたがそう証言してくだされば、僕は裁判に負けることはないからです」

俺は目を見開き、動けなくなった。芽依汰は穏やかな表情を崩さず続けた。

「二希のために。あの子にはまだ家族が必要だからです。どうか、お願いします」

そう言い残すと、芽依汰はゆっくり踵を返し、大通りの方へと歩き出した。

出社時間が迫っていたが、俺は芽依汰が見えなくなるまでその場所に留まり、見送ることになる。

同じ方向に向かって歩くことができなかったし、動けなかった。

何かが俺の心を引っ張り続けるのだった。

幼稚園の門は閉ざされ、周辺には誰もいなくなっていた。

変哲もない一枚の扉であった。でも、このドアは人間たちを区分し、引き裂き、閉じ込め、別々の空間に振り分け、プライバシーを生み出している。

俺はなんとしても理沙の心のドアを開けたかった。

もう一度、あの肉体の門を開けたかった。

肺の中の溜水のような濃度の高い息を静かに吐き出した。

指先が震えている。自分の手を開いて覗き込んでみた。びっしょり汗を掻いていた。落ち着かなければ、と自分に言い聞かせながら、マンションを後にした。

「どうして連絡くれないの?」

一時間後、俺たちはドトールコーヒーの一番奥の席で向かい合っていた。理沙はほとんど化粧もせず、しかも軽装でやって来た。

アイスティーを一口飲んだ後、

「最初からわかっていたことだけど、不毛だな、と思ったのよ。二人の関係に何も明るい未来がない」

と口にした。

「ジュンジュンとお付き合いをしてわかったことは、芽依汰とは夫婦を続けていけないということ」

理沙の二つの強い目が自分の瞳をとらえた。

ひんやりとしているが美しい目でもあった。

はじめて彼女と視線が絡みあった時のことを思い出す。

この目が一番悪いと俺は思った。

「我慢をして生きていきたくないの。ジュンジュンとの関係にも同じことが言える。自分をごまかして生きていくのはもう嫌です」

「俺との関係もごまかしてたの？」

「いいえ、そうじゃないけど、ジュンジュンは覚えているかしら、あたしが、どうして愛していると言葉にしてくれないの、と訊いた時があったでしょ？」

すぐに思い出すことができた。いつものホテルのあの部屋で、確かシャワーを浴びた後にそんなことを訊かれた。

その直前の交接の生々しい感触を同時に思い出した。

「そしたら、ジュンジュンは、嘘はつけない、と言ったのよ。あの時、こういう人を愛していたのだと気が付いて落胆した」

「ちょっと待って、それは誤解だよ。そういう意味じゃない。愛していると言えないのは自分には妻子がいるので、軽々しい言葉は使えないという意味だ」

「どうしてそんな言い訳するの？」

「言い訳じゃないんだ。本当にそういう意味で発した言葉だった」

理沙は笑った。

「それはもうどうでもいいことです。あたしの気持ちは終了したのだから」

「どういう意味だ」

「間違いだったと気が付いたんです。最初からあたしは言ってましたよね？　あたしたちの関係は不毛だって。出口がない、未来がないって。間違えてるって……」

「理沙、俺は終了することができない。どうしたらいい？」

「でも、もう片方が終了を宣言したのだから、終わるしかないでしょ」

「できない。俺は君を愛してしまったのだから、出口はある」

二人は睨みあった。

理沙が何を考えているのかわからなかった。

けれども彼女はこの複雑に絡み合った四本の糸のほどき方を模索している。

目元に何度か力が籠り、視線が再びどことは言えない場所を浮遊しはじめた。

そこにどのような未来が描かれてあるのか残念なことに自分の場所からは覗き難かった。

「さっき、芽依汰さんから、裁判になったら俺と君との関係を証言してほしいと依頼された。彼は二希ちゃんのために離婚はしないつもりのようだ」

理沙の視線が動かなくなった。

「取り引きするのね」

「そうじゃないけど、時間稼ぎをしたい。君の心が戻ってくるまでの間」

「ジュンジュンは何を望んでいるの？　幸福？　それともあたしとのセックス？」

性愛だよ、と自分は即答した。

16　早希の場合

どうしてセックスをする動物ばかりなのだろう、と考える。

きっとセックスも大事だけれど、私はそこを重視しない。

好きな人と一緒にいられたらいいし、その人といることで幸せだと思う人生をこそ生きてみたい。それが私の思う幸福論だ。

朝、幼稚園に娘を送り届けた。

門の前に芽依汰がいたので、お茶しましょう、と提案すると、逆に、時間があるならこの間の続きで、今日は一緒に美術館に行かないか、と持ち掛けられた。

それはとっても素晴らしい提案だったので、私は思わず微笑みが溢れてしまった。

美術館に行こうだなんて夫の口から聞いたことがなかった。美術館に行きたい、と私は思っていた。

なんでこの人はそのことを見抜いたのだろう。やっぱり、ソウルメイトだ。

地下鉄の車内でも私はずっとウキウキしていた。美術館、美術館、と小学生のように小躍《こおど》りしていた。

芽依汰は新聞の切り抜きを持っていた。

フランスの印象派展と大きく見出しにあった。

「好きなの、印象派」

「そうじゃないかな、と思った。僕もあの自然な感じが好きなんだよ」

「モネ、ドガ、ルノワール、みんな好きなんです」

「よかった。そうだと思ってました」

「芽依汰さんはなんでもわかるのね」

「わかるというのか、僕が好きなものを早希さんも好きなだけじゃない？」

「でも、それが一番でしょ。だって、それさえもわからない人がいるんだから」

趣味がよくて、趣味が合うことがどんなに素晴らしいことか、こんなに気分がよくなれるのに、どうして今まで私は一度も美術館に夫と行ったことがなかったのか、いいえ、誘われたことがなかったのか。

彼はグルメアプリの点数ばかりを気にする。

何年のワインでそれは当たり年でという下らない蘊蓄《うんちく》ばかり。でも、そんなことに私は関心がない。

このメーカーの時計は値段が下がらないから蓄財にもなるだとか、この自転車はシャフトがカーボンでできていてだとか、うんざり。

関心がない。

アプリの点数や評価なんかより、自分たちの足で歩いて出会った名もないレストランの、無名だけどそこのシェフの歩いてきた道のりのわかる優しい味付けにこそ感動する。

純志は私に「君は俺に関心がない」と言うけれど、それはむしろ逆で、あなたが私に関心がないから、私が見たい、食べたい、知りたいことを知らないのでしょ？

純志は一度も私の心を見たことがない。見ようとさえしない。

彼が見ているのは私の外観、うわべだけ。だから、私はそういう彼に関心がないに過ぎない。

「僕は印象派だから好きというわけじゃないんだよ。絵に感動をするというよりも、これを描いている人のことを想像して感動することが多い」

大きな額縁に入れられたセーヌ川の絵を見つめながら芽依汰が言った。

「画家はこの川の絵を描くために少し離れた土手の上だとか、古い橋の上に陣取ってスケッチをしたのに違いない。或いは、その日はこんな天気だったのだろう。柔らかい風が吹いていたのだろう。その人は眩い太陽の下で、目を細めて、筆を動かし続けたに違いない。お昼になったら持参したサンドイッチを食べたかもしれない。いいや、実際はスケッチだけで、あとは自宅のアトリエで描いたのかもしれない。でも、この画家がこの作品と向かい合ったであろう時間を、僕は今この瞬間にこの絵から感じるのが好きなんだ」

「ええ」と私は同意した。

「僕には確かにセクシャリティがないのかもしれない。でも、感情がないわけじゃないんだよ。セックスのために生きてるんじゃない。人を愛しく思う気持ちは誰よりもあるけど、嫉妬心とか性欲とか欲望とか、そういう一部の不純な感情が欠落しているに過ぎない。それが僕には必要じゃなかったというだけなんです。きっと、そういうものを生まれながらに持ちたくなかったのでしょう」

芽依汰と美術館で過ごす時間がなんとも幸せだった。

彼が話す一言一言は私の気持ちの代弁でもあった。

何も語る必要がなくなって、そのうち二人で並んでじっと一枚の絵を眺めることになる。

私の目にも当時の画家のまなざしが伝わって来た。何ものにも代えがたい時間であった。

私たちは疲れると美術館のベンチに腰掛け、そこを通り過ぎる人々を見つめて時間を慈しんだ。

美術館を出て少し遅いランチを一緒に食べてから二人で幼稚園へと戻ることにした。

「早希さん、こういう時間を僕はずっと失っていました。仕事をしなければ食べてはいけないのでいずれまた仕事に戻りますが、でも、掛けがえのないものを大事に抱えてこれからは生きていきたいと思ってます」

「うん、私もそうしたい」

「今度、映画を観に行きませんか？　イランの映画監督の作品が明後日から封切なんです。この監督が昔から大好きで、イランという国のことを好きになりました。日本に伝わってくるイランのイメージが変わりますよ」

「行きたい。その人のことは知らないけど、でも、芽依汰さんがそこまで言うのなら、きっと私も感動するはず」

「もちろん、感動すると思う。ある人たちには娯楽性の足りないアートフィルムでしかないでしょうけど、彼の前作に物凄く引き込まれました」

「あ、芽依汰さん、感動はするのね、誰よりも」

「うん、きっと誰よりもそういうことには感情が心が気持ちが働くのだと思う」

「不思議ね」

「何が？」

「だって、あなたは性愛を感じないのに、映画を観て感動をするんだもの」

「あの、宇宙人みたいに言わないで。セクシャリティがないだけで、僕も人間ですから」

私と芽依汰はまるで夫婦のように幼稚園の門が開くのを待った。

何を観てきたか、何を読んだか、何を食べたか、どこを旅したか、そういう話は尽きることがなかった。

ミミと二希が出てきた後も、私はもっと彼と話がしたかった。

「じゃあ、また明日。ラインします」

芽依汰がそう言い残して二希と帰って行った。

「ママ、なんかいいことあったの？　ずっとニコニコしてるね」

ミミが帰り道に言った。

私は嬉しくなって、ミミの手をぎゅっと握りしめた。

生きてる感じがする。冷たい色の日常に温かい光りが差し込んできた。私はもう戻れないかもしれない、と思った。私は自分の人生を歩きたい。

17　理沙の場合

ずっと原因不明の頭痛に悩まされていた。

ちょっと何かを考えようとすると鈍い痛みが頭頂を揺さぶった。

けれどもその痛みはぼんやりとしたもので痛みの根本を特定することができない。

しかも強い薬品アレルギーがあるせいで薬には頼れない。

あたしはいつだって我慢をしている。

二希があたしを避けるようになって二週間が過ぎた。

もともとあたしよりも芽依汰にべったりな子であった。

芽依汰はミミにも好かれるので、何か子供受けするオーラがあるのかもしれない。

絶対に怒らないし、彼の静かな佇まいや口ぶりに子供たちも安心を覚えるのだろう。

なぜあたしは安心を覚えることができないのかわからない。

彼が子供たちに人気があるのも許せない。厳しく怒ることもしないでいつも子供の味方になって、ある意味甘やかしている。

あたしが「ダメ!」と大きな声を張り上げたばっかりに、号泣した悲しい記憶は二希の心に焼き付いてしまったみたいだ。

なんとかおはようとおやすみは言ってくれるようになったが、話しかけても返事は戻って来なくなった。

この関係が長く続くのはよくない。

「二希、ミミちゃんをうちに呼んでもいいわよ。ママも少し元気になったから、何か作ってあげるわ」

嫌われたくなかった。

「ほんと？　いつ？」

「金曜日はどう？　幼稚園が終わって一度帰って、お泊まりの用意をしてから、夕ご飯の前に来てもらったら？」

二希が満面の笑みを浮かべた。あたしは安堵《あんど》した。

「今から電話してもいい？」

「今？　でも、ママは電話番号知らないのよ」

あたしは嘘をついた。すると芽依汰がスマホを取り出し、多分、早希にライン電話をした。そのまま、彼は娘にスマホを手渡した。二希がはしゃいだ。

「あ、あの、二希です。ミミいますか？」

あたしは芽依汰と目が合った。

芽依汰が微笑みを向けてきたが、あたしは視線を逸らしてしまった。頭痛が酷くなった。アレルギーの原因はこの人以外に考えられない。

そして、ミミが金曜日にやってくることが決定した。

きっとあの二人が連れてくる。あたしは偽物の笑顔で出迎えなければならない。気が重いが、二希の前でため息をつくわけにはいかなかった。

「よかった。あんなに喜んでる。週末の計画を立てなきゃ」

眠りかけていると、芽依汰が不意にあたしの睡眠を妨害した。

「子供たちが喜ぶような料理を作らなきゃ」

「あたしがやるからあなたは何もしないで」

「一緒に作ろうよ」

「二希との約束だから、あたしがやります」

暗闇に向かって表明した。芽依汰は黙ってしまった。

頭の奥深くでチクチクっと何かが刺す。

「わかった。じゃあ、土曜日の水族館は僕が連れて行くよ」

「水族館に行かないといけないの？」

「二希は遊園地のお礼にミミちゃんを水族館に連れて行く計画を練っている。心配しないで、この間の純志さんみたいに僕が引率するから。帰りにロイホでご飯を食べさせるよ」

あたしはため息をもらした。

別に水族館に行くことが苦なのじゃない。芽依汰と一緒に子供たちを引率するのが嫌だった。

「そうね、じゃあ、そうしてください。金曜の夜はあたしがご飯を作ります」

わかった、と少し眠そうな声で芽依汰が告げた。

「君は来たがらないと思ったから早希さんに頼んどいた。彼女が一緒について来てくれることになった。それなら安心じゃないか」

あたしは半身を起こし、寝ている芽依汰を振り返って睨みつけた。

暗くて彼がどんな顔をしているのかわからなかった。

なぜか彼が笑っているような気がした。

同時に不思議な気持ちに見舞われたが、それがどういう感情を根本に抱えたものかわからなかった。

何か落ち着かない気分、これは嫉妬だろうか。いったい誰に？

芽依汰に？　早希に？　それとも子供たちに？

あたしはベッドの上で胡坐《あぐら》をかき、痛みがくすぶる側頭部を手で揉んだ。笑顔の芽依汰と早希が子供たちの手を引いて楽しそうにしている絵が痛みの底で明滅した。

「あなたは昔、そういうものは外で求めてくれないかって言ったわよね。セックスをしたいなら外でって」

静寂が少し続いた後、芽依汰が、そんな風には言ってない、と言った。

「僕の愛し方で物足りなければ外で君を満たす人が現れたとしても僕にとやかく言う資格はないかもね、と言っただけだ」

「同じよ」

芽依汰はもう返事をしなかった。寝息が聞こえてくる。でも、本当に寝たとは思えない。あたしを無視しているのだ。怒りが腹の底から迫《せ》り上がって来た。

あたしは思わず舌打ちをした。自分の悪い心を抑え込むことができなかった。

「二希はもしかしたら、あなたの子じゃないのかもしれないの」

意地悪をしたくて言ったわけではない。意思とは裏腹に言葉が勝手に飛び出してしまった。芽依汰の寝息が消えた。

あたしは目を閉じ、小さく息を吸い込んでから、

「ずっと、いつか言わなきゃと思っていた」

と言い訳をした。

「あの頃、もう一人お付き合いをしていた人がいる。どちらの子供か実はわからないの。なんとなくだけど、二希はその人に顔や体形が似ている気がする……」

静寂が寝室を覆いこんだ。いくら待っても返事が戻ってこない。聞かなかったことにする気かもしれない。

「聞いてる？」

「二希は僕の子だよ」

芽依汰が小さく、でもしっかりとした声で告げた。

殴りつけられるような痛みが側頭部を走った。

「ママ、みんなが来たよー」

キッチンで料理を拵えていると二希が走って来て子供らしく騒ぎだした。あたしは火を止め、頭痛を堪えながら玄関へと向かった。

「どうしたの？　体調よくないの？」

早希が手で頭を押さえているあたしを気遣った。

ちょっと頭が重くて、とあたしは言い訳をしなければならなかった。でも、本当に頭が痛い。さっきまで平気だったのに彼らの顔を見た途端、またいつもの頭痛が酷くなった。

早希の横に立つジュンジュンのせいだった。

あたしの横にいる芽依汰のせいだった。

子供たちの笑い声が聞こえてくる。あたしの救いはそこにあった。すると不意に夫がとんでもないことを言い出した。

「あがっていきませんか？　スパークリングワインが冷えてます」

何を言い出すの、と喉元まで出かかったが、いいですね、と即座に早希が同意した。

「でも、せっかく二人きりの時間ができたのにお招きしたら悪いでしょ？」

あたしが急いで水を差した。

「平気、私たち、とくになにも計画ないんです。逆に時間を持て余しているし」

と早希が返事をした。

あたしはまずジュンジュンを見た。ジュンジュンは一瞬肩を竦めてみせたが、すでに靴を脱ぎ始めている。

夫に向けて眉間に皺《しわ》を寄せてみたが、芽依汰の視線は早希から離れようとしない。無視をされてしまった。

夫を見ていた早希があたしに気づき、あ、でも理沙、頭が痛いのに、とうわべだけの心配を口にしてきた。

「あがって、あがって！　ほら、何ぐずぐずしてるんですかぁ」

と大人たちの輪の中に子供たちが割り込んできた。

二希がジュンジュンの手を引っ張り、ミミが早希の手を引っ張った。

芽依汰が二人にスリッパを出した段階であたしは死を覚悟で頭痛薬を飲むことを決意した。

テーブルを囲んだはいいが、誰も何も喋らないまま、時間だけが虚しく流れ、結局スパークリングワインが一本空いた。

飲めないくせに芽依汰がワインボトルを抱えてみんなに酒をふるまった。

いたたまれなくなったジュンジュンが逃げるようにして子供たちの輪の中心に割り込み、手土産のカードでマジックをやりはじめた。

二希とミミがジュンジュンの目の前に正座し、トリックを見破ろうと目を凝らしている。

芽依汰と早希は微笑みながらその様子を眺めている。

恐ろしい光景だと思った。

みんなが嘘を隠して子供たちの前でいい親を演じている。

あたしにはできない。一番悪いのはこの三人だ、と思ったあたしは顔を引き攣《つ》らせたまま、料理の続きをするべくキッチンへと避難した。

「手伝いましょうか？」

とまもなく早希がキッチンにやって来て言った。

「もうだいたいできてるから大丈夫よ」

「じゃあ、お皿とか運びましょうか？」

「いいえ、大丈夫」

吐き捨て、あたしは火のついたガス台に向かったが、早希は一向に動こうとしない。あたしの手が勝手に止まった。イライラする。気が付くと奥歯をぎゅっと嚙みしめていた。

柱に背をつき腕組みして早希があたしのことを見つめている。急いで火を止め、挑発的な彼女と向き合った。

「あたし一人でできるから大丈夫よ、ありがとう」

「ねぇ、理沙。あなたに訊きたいことがあるの」

「今⁉」

あたしは声を荒らげてそれを拒絶した。

瞬時に何かが沸点を超えた。身体が痙攣をおこしそうになり、慌ててキッチン台に手を置いた。早希の目元に僅かに力が籠るのが伝わって来た。

「純志とはどういう関係なの？」

早希はお構いなしに追及をはじめる。

あたしは言葉の意味を考察する余裕さえなかった。頭に上った血が脳を突き破りそうな勢いでごぼごぼと沸騰《ふっとう》しはじめた。目を見開き、口を大きく開いた。息を吸い込むためだったのに、出てきたものは邪気だった。

「肉体関係があったけど、今はもう何も無いわよ。これで満足？」

あたしは即答した。もう何もかもうんざりだった。何もかも知ってる、早希、あなたが一番の悪者でしょ、とあたしは心の中で毒づいた。

「芽依汰さんとはそれでも離婚するつもり？」

「すると思う。どっちにしてももう無理だから。あたしはこういう嘘はもうつきたくないし、こういう偽善に付き合いたくないし、何もかもが嫌なのよ」

するとと早希は口元を緩めてから、

「じゃあ、私が芽依汰さんを好きになっても許してもらえるかしら？」

と驚くことを口にした。

「どうぞ！」

あたしは感情的になって捨て台詞《ぜりふ》を吐き、一度、ガス台を手の平で叩いてから、料理に戻った。

「そんなことで離婚できるなら裁判するよりよっぽどマシだわ」

とフライパンの中の肉の塊を睨《ね》めつけながら呟いた。

返事はなかった。

慌てて振り返ると早希は消えていた。

あたしは何かがこみ上げてくるのを待った。嗚咽のようなマグマのような激しい怒りや悲しみの塊であった。

それは空気に触れた途端笑いに変幻し、キッチン中にばら撒かれてしまった。

18　芽依汰の場合

土曜日の午前中、待ち合わせていた早希と合流し、四人で仲良く電車を乗り継いでアクアリウムを目指した。

二希とミミは話題がなくならないことが不思議なくらいずっと喋り続けている。

その二人をガードする恰好で僕らは向かい合って立った。

「水族館に行くのは実は初めてなの」

早希が告白すると、ミミが、えーっと素早く反応した。

「行ったことないの？　ミミのママ、学校とかで行かなかったの？」

と二希が矢継ぎ早に質問した。

「なぜかいつも動物園ばかりで。だからとっても楽しみよ」

ホームに降りると駅員さんが、お父さん！　お母さん！　と大きな声を張り上げながら追いかけてきた。ミミが落としたキャップを握り締めている。

「落としましたよ」

「ああ、私の」

「よかったね。パパとママと四人で水族館かな？　いってらっしゃい」

駅員が手を振って離れていくと、私たちのこと家族と間違えてる、と二希が笑った。

「でも、ありえるね」

とミミが言った。

「えー、やだ、ありえるけど、やだ」

と二希が笑いながら大きな声を張り上げた。

「でも、ママはパパといる時より芽依汰さんと一緒の時の方がニコニコしてる」

「ほんとだ。パパもそうだね」

僕らは言葉を返せず苦笑した。

もし仮に早希と夫婦だったら何がどう違っていただろう、と想像してみる。

離婚を迫られることもないだろう。セックスがなくても彼女なら不満を口にしないかもしれない。

いや、そんなことはない。夫婦になったらなったでなんらかの不満は出てくるはず。セックスだって、全く無しというわけにはいかない。

どちらにしても僕も彼女もある程度の我慢を強いられる。それが夫婦というものだし、他人と生きるということだ。

相手が誰であろうと他人と関係を持つ以上、なんらかの問題が必ず付きまとう。

僕に理沙を責める権利はない。

早希と目が合った。俯き、彼女は優しく微笑んでみせた。僕も嬉しくなって微笑んでしまった。

とにかく、今がこんなに解放的で幸せなのだから余計なことを考えるのはやめておくべきだろう、と自分に言い聞かせた。

「見て、すごい」

二希が接近してくる大きなマンタを指さして叫んだ。

僕はマンタについて知ってることを子供たちに丁寧《ていねい》に説明した。

「芽依汰さんは何でも詳しいんですね」

「実は水産学部のある大学に行こうか迷った時期があって。海洋調査とか海図とかそういうのに興味があって。なんだろう、海の底の方の世界が好きでした」

「あ、だから、あの暗い熱帯魚店」

「ですかね」

僕は微笑みながら続ける。

「でも、社会人になってからは忙し過ぎて数えるほどしか海に行けてません。今度、一緒に海に行きませんか？」

僕たちは気が付くと、巨大な水槽の下を渡るガラスのトンネルの中にいた。まるで海の中の回廊のようだ。眼上を魚の群れが通り過ぎて行く。

トンネルの中の人間たちが自由に泳ぎ回る魚たちを見上げている。それは奇妙な光景でもあった。

青い水の中に差す、淡い光りと時々ぶくぶくと立ち込める泡が、神秘的で美しかった。

次々にやってくる色とりどりの魚たちのダンスショーに僕らの視線は釘付けとなった。

ドロドロとした人間界とは違って見えた。もちろんそこは巨大な水槽なので海ではなかったが、少なくとも人間はもっと狭くて小さな心の水槽の中で生きている。

それは同じような狭い他人の心と繋がって干渉しあう人間水族館を構成している。

大海を一匹で泳ぐ魚が羨《うらや》ましかった。

子供の頃の自分は群れの中で生きていけない子だった。

だから子供たちの輪には入れてもらえず、というかその輪に入るのが苦手で、だからいつも一人で泳いでいた。

あの頃の方が今よりもずっと自由だったかもしれない。

「ニモみたい」

と二希が言った。

群れで泳ぐ魚たちが頭上を過ぎていった。

「綺麗」

早希が呟いた。

子供たちが魚の群れを追いかけて走り出した。早希の横顔に青い光りの筋が流れた。人を好きになるということが、この魚たちを見て美しいと思う気持ちと同じであればいいのに、と僕は水族館に来るたびに思う。

男と女の役割とか立場とか関係なく、子供たちを眺めている時に感じる幸福な気持ちだけで良いのにと思う。

欲望というのがいったいどんなものかわからないが、あの可愛らしい魚たちにも欲望があるのだろうか、と考えた。

じゃあ、僕はなぜ欲望がないのだろう。人間としての大事な感情が欠落しているというのだろうか。

「そうじゃないわ。もしかしたら、芽依汰さんは進化しているのよ」

「どういう意味？」

「そうね、地球はもう限界に達している。これ以上子孫を増やそうと思わない人間が出現しはじめてもおかしくない。人間は動物同様、子孫繁栄がプログラミングされている。でも、人類は増え過ぎた。地球はいっぱいいっぱい。三秒に一人の割合で子供が餓死するこの星にこれ以上の生き物は必要ないと考える新しい生命体が出現しても不思議じゃない」

「それはいいこと？　悪いこと？　進化と言えるの？」

「進化とか退化とか、いい悪いじゃなくて……」

「でも……」

「確かに快楽を味わうことはできないし、もちろん感じたりもしない。感情も籠ってないし、コミュニケーションがとれない感覚に近い」

「そうかもしれない。僕にとってはそれがずっと普通のことだったから言葉にすればそういうことなんだけど、でも相手は困惑するみたい。だからこっちも周囲の人に合わせようとすると心が苦しくなる。で、一人で泳ぐようになった」

「恋愛に対する想像力がないから、誰かと愛し合うということが難しくなるのかもね」

僕は頷いた。きっとそうかもしれない、と思った。

群れにはぐれた一匹のニモが僕らの前までやって来て、ガラス越しにこちらを見つめた。どこか熱帯魚の芽依汰に似ている。

それはまさに人間界における僕であった。ここにもあなたの分身がいる、と早希が微笑みながらその魚を指さして告げた。思わず口元が緩んでしまう。

「群れの中にいなきゃいけないということはないし、みんなと同じように人を愛さなきゃいけないということもないわよ」

早希が僕を振り返った。その瞳の中に青いニモがいて、ヒレを必死に動かしながらこちらを見ている。

「ミミはオムライス」

「二希も」

ファミリーレストランで僕らは少し遅めのランチを楽しんだ。

子供たちも早希もずっと笑顔だった。時々、早希と目があった。同時にくすっと微笑みを預けあった。彼女から向けられた温かいものが僕の心を悲しみから守ってくれた。

え？　何？　と返すと、なんでもないけど、なんだか嬉しくなるわ、と早希が言った。

周囲の人たちは、レストランの従業員たちも、そして隣の家族連れも多分僕らを仲《なか》睦《むつ》まじい家族だと思っているはずであった。

それはありがたいことであった。

人々が僕らに向ける優しい眼差しが嬉しかった。

「ねぇ、パパ。どうしてミミのママと一緒にいる時はいつもニコニコしてるの？　どうしてうちでは誰も笑わないの？」

「あ、それ一緒」

二希の意見にミミが同意した。

ミミは早希の顔を素早く覗き込み、二希は僕の目をじっと見つめてくる。

僕らが返答に困っていると、今度は二希が早希を振り返り、ミミは僕の顔を覗き込んできた。

気のせいじゃない？　と早希がミミに肩を竦めながら言った。

「でも、家にいる時、ママはいつも怒った顔なんだよね。パパがかわいそう」

ミミが言い返した。

「パパはいつもママから逃げてない？　ずっとママが怖いのかな、と思ってた」

二希が言うと、ミミが笑いだした。

仕方がないので僕も真似して笑ってみる。

「でも、この二人が一緒の時ってずっとニコニコなんだよね。なんかあやしいなぁ」

子供たちが僕らの顔を交互に見比べた。

早希が小さく咳払いをした。僕はおかしくなって噴き出してしまった。

「それは、パパと早希さんが仲良しだからだよ。ソウルメイトなんだ」

三人が一斉に僕の顔を覗き込んだ。これは言ってはいけないことだったのかもしれない、と慌てて口を噤《つぐ》んだ。

早希が僕に代わって言い訳をした。

「心が通じた世界一の仲良しだから、いいでしょ？　ママにだって男友達が一人くらいいても」

「いいよ、全然、私、二希のパパのことも好き」

「私もミミのママのこと好きだもん」

でも、と二希が僕らの笑顔を遮った。

「できればママとも仲良くしてください」

四人は笑わなくなった。

19　純志の場合

早希が出て行った後、自分は一人ぽつんと家の中で考え込んだ。

娘も妻もいない土曜日の午前中、窓越しに差し込む光りをぼんやりと眺めながら、きっと理沙も同じようにこの物憂げな朝の光りをまた同質な倦怠感《けんたいかん》の中で見つめているのじゃないか、と想像しながら。

サイドボードの上の電子時計が十時半を指している。今自分は何をするべきか、と思案した。

もう一度、理沙と会いたい。そして、彼女を抱きしめたい。

幼稚園の保護者会の住所名簿が存在していたことを思い出した。

サイドボードの引き出しや、郵便物保管庫、或いは冷蔵庫に磁石で留められてないか、探して回ることになる。

自分の家なのに、まるでそこは泥棒に押し入った他人の家のようであった。

早希と出会った頃の仲睦まじい写真が引き出しの奥から出てきた。それは十枚くらい束になって輪ゴムでまとめられている。形にして残したい、と早希がわざわざコピー機でプリントアウトしたものだ。

保管されているというよりも、処理に困ってここに一時的に隠したといった感じ。そうしたのも早希だ。自分で印刷したくせに、そこに彼女の今の俺に対する気持ちが滲み出ている。

輪ゴムを外してみた。スキーに行った時の写真、ハワイにはじめて行った時のプールサイドの写真、高層ホテルのラウンジバーで店員に頼んで撮影してもらった一枚、などすっかり忘れていた思い出の写真ばかりであった。

後ろめたい気持ちになり、俺はそれを再び輪ゴムでまとめ、同じ場所、引き出しの一番奥へと仕舞いこんだ。

今は迷っている暇などない、と自分に言い聞かせ、もう一度リビングルームを見回した。自分に必要なものは、二度と思い出したくない記憶でも、永遠に忘れさりたい過去でもない。今、この瞬間を繋ぐものが必要だった。

理沙のスマホの番号を知ってはいたが、きっと俺からの電話に彼女が出ることはない。でも、家の電話にかければ出てくれるかもしれない。

必死になって家中の引き出しを開け、すべてをひっくり返して探した。そしてついに、子供部屋の棚の中の、娘のらくがきなどをまとめておいた保存ケースの中にそれを発見した。

見つけた瞬間、自分の手が自分の意思に関係なく震えた。その落ち着かない指先で番号をプッシュし、息を潜めた。

「もしもし」

理沙の声が心の鼓膜をひっかいてくる。

「もしもし」

俺だとわかって理沙は息を飲み込んだ。

「もう一度、思い出してほしい、二人が出会った時、一緒に過ごした時間、ぬくもり、そして、」

吐き出す息が受話器のスピーカーから溢れ出した。

それはどっちだろう。うんざりするような吐息なのか、その交接を思い出してのものか。長い沈黙が流れた。

「忘れられないものがたくさん残ってる。思い出してほしい」

でも、同時に、なぜか彼女は電話を切らない気がした。静かに時間が流れていく中で、自分は少しずつ確信を手繰り寄せることができた。彼女はきっと電話を切らない。

「俺たちは真剣に愛し合った。そこに嘘はなかった」

理沙はきっと必死で思い出そうとしているに違いない。必死で考えている。何かをきっと求めているはずだ。

彼女の吐き出す息だけが彼女がそこに存在していることを伝えてくる。理沙の心を繫ぎとめたいと思った。

心さえ繫ぎとめることができたら、性愛は再び戻ってくる。

「君の心が離れたことは知っているけど、まだ甘い記憶が残っているなら、求め合った切ない時間を思い出してほしい。俺は君が言うように確かに勇気がなかった。でも、あれからずずっと考えて、何が大事かやっとわかったんだ。君との性愛がどんなに素晴らしいものだったかを理解した。よく考えてほしい。君には俺が必要だ。それは芽依汰さんじゃない。君に必要なのは俺なんだよ。君は重力を取り戻さなきゃ」

「重力?」

「抱き合ってる時、君は俺の重さを感じたはずだ。俺の重みが浮き上がろうとする君をこの地上に押さえつけた。君は俺の思いを重力として感じたはずだ」

理沙が噴き出した。微笑む顔が記憶を通して心の中で形となった。

「面白いこと言うのね」

「でも、重力がなければ君はこの地上に留まることができない」

理沙がため息を漏らした。俺は受話器を握り締めたまま室内を歩き回る。なんとしても説得したかった。

「たぶんもう早希とは夫婦関係を維持できない。彼女もきっと同じことを考えているのじゃないか。君も芽依汰さんと別れる。そのきっかけは確かに俺かもしれない。しかし、一番の解決策が何かわからないけれど、でも、ようやく俺は君が大事だと気が付いた。そこに光りがあるんじゃないか」

「遅いよ」

躊躇うような言い方だった。

訴えるような、自問するような口調でもあった。

「まだ間に合う。今、みんなが考え始めている。これはもう不倫とかじゃない。何が必要かということをわかった時に全部遊びじゃなくなった。よく考えてみてほしい。こういう愛のカタチもあるんじゃないか。世の中からは批判されるかもしれない。でも、本当に出会ったのならば、仕方がないこともあるんじゃないか？　双方の夫婦には性愛が足りなかった。俺は性愛こそ夫婦間には必要だと思う。君には重力が必要だ。ずるい言い方だが、芽依汰さんには君をこの地上に繋ぎとめる愛の重みが足りない」

もう一度、理沙がため息を漏らした。それは彼女の気持ちがこちらに近づいてきたことを物語る、迷う人の吐息でもあった。

「人が幸せになる方法は無限にある。間違いだと言われても貫けばいい。最後に幸せだと思えるならそういう愛でいい。俺は誰が一番悪いのか、わかったんだ」

え、と理沙が言った。

「誰?」

「みんなだよ。この物語の登場人物全員が悪い。犯人は一人じゃなかった、全員だった。みんなずるいんじゃないか、と思う。一番、正しそうな芽依汰さんでさえ、やっぱりずるいと思う。一番悪い男に見える俺だけが悪いのじゃない。早希だって問題があった。君にも、芽依汰さんにも、非がある。芽依汰さんが君に言った、セックスを家に持ち込まないでくれっていうのは、死ねと言うのと一緒で、許される発言じゃない」

「そうね」

理沙が力強く同意した。

自分は必死で言葉を探した。あと一息で理沙が戻ってくる。

「じゃあ、子供たちがかわいそうだからって全員で嘘をつき続けていていいのか?」

「でも、まだ幼い。あの子たちが親の離婚を知らされるのには心が柔らかすぎる。しかも、一番仲良しの家庭がそれぞれの家庭を破壊するのだから……」

「ああ、そうだね。ならばこうしたらどうだろう？　みんなで話しあう」

「何を」

「ばかげた発案だけど、反対する人はいないと思う。それぞれの夫婦は暫くの間、離婚はしないけど、もう愛を終わらせることに合意する。芽依汰さんは恋愛がわからないのだから離婚しなければこのままで大丈夫。早希は芽依汰さんのことをソウルメイトだと思っている。君が最初に言った通り、彼女と彼は支えあえる。今日だって、幸せそうに出かけて行ったよ」

「そうね、で、あたしとあなたは復縁する。仮面を維持したまま、夫婦交換を行うということね？」

「俺たちはみんな漂流している。まだ本当の愛というものがよくわからないまま流されてきた……」

「本当の愛なんかあるのかしら」

「言い方は悪いけど、子供たちのために、時間稼ぎをする。そして、その時が来るのを待つ」

「その時って？」

「それぞれが新しい陸地を発見して、そこに上陸する時だよ」

ああ、と理沙が小さく唸《うな》った。

「でも、芽依汰は恋愛感情がないのだから」

「早希だって同じだよ。でも、時間が解決する。長い時間がそれぞれの心を形成していくはずだ。だとしたら、その時を慌てないで待てばいい。俺と君はそれまで焦らずこの関係を性愛で紡げばいいんだ」

理沙が黙った。沈黙が流れた。

三十秒、一分、とてつもなく長い時間に感じた。

でも、その沈黙は彼女がすべてを理解するために必要な時間でもあった。それが証拠に彼女は電話を切っていない。

「じゃあ、来て。今すぐに」

理沙は言った。

20　早希の場合

ファミリーレストランで食事をした後、四人でディズニーの愛に溢れる家族映画を観に行った。

子供心をよく理解した完成されたエンターテインメントの映画だった。

劇場内でミミと二希の笑い声がひと際大きく響き渡った。

私はそこに集まった家族連れが揃って爆笑しているような場面で一人涙を流した。

幸福そうに笑っている人々の声が私を泣かせるのだった。

芽依汰がそっとハンカチを差し出してくれた。

その柔らかい洗剤の香りがするハンカチに私は心の中のものをすべて吐き出した。

家路についたのは遅い夕方であった。

地下鉄の駅で電車を待っているとミミがもう一泊したいとわがままを言い出した。

そうしようそうしよう、いいでしょ、パパ、お願い、と二希が芽依汰にせがんだ。

「ダメよ、迷惑でしょ」

と私は慌てて制止したが、芽依汰は、それはいいアイデアだと同意し、ラインのグループトークで理沙と純志にさっそく報告をし始めた。

「いいの？　理沙、困るんじゃない？」

「大丈夫、夕飯は僕が作るし。それより今日は楽しかったから、この子たちが別れづらい気持ちもわかります。明日は日曜日だし、ほら、僕は暫く仕事がないから」

自虐気味に笑った芽依汰の腕に二希が抱きついた。

「パパ、ありがとう」

「おじさん、ありがとう」

「おじさんってやだな。芽依汰でいいよ」

「芽依汰さん、ありがとう」

三人は笑いに包まれたが私は笑えなかった。

もう一晩、夫と二人で過ごさなければならない。

理沙は不倫の事実を認めたが、そのことをまだ純志に追及していない。

でも、たぶん、二人は何らかの方法でこの問題を協議しているはずだった。

夫の対抗策を聞くのが面倒くさい。もうどうだって構わない。王女でもないくせにブレーキの壊れた馬車に飛び乗った軽率な自分こそ一番の愚か者なのだから。

自分たちが暮らす私鉄沿線の駅のホームに降り立つ頃、私の憂鬱は自分が考えていたものよりもずっと深刻なものだということに気が付いてしまった。

芽依汰が暗い私に気が付き、どうしたの、と訊いてきた。

私は芽依汰の目を見つめ返したが言葉はまとまらなかった。

訴えるような目でその優しい目に縋った。

この人はどこまで私の気持ちを理解できているのだろう。

私が孤独な愛情の海を一人で漂流していることをどこまで理解できているのだろう。

目の前に広がる海のあまりの深さと、そのあまりの暗さと、そこを支配するあまりの悲しみに、ただただため息をつくことしかできない。

小さくかぶりを振り、なんでもないわ、とだけ伝えた。

「南口からの方が近いから僕らはこっちから行くね」

と芽依汰が私の目指す出口とは反対の方を指さしながら言った。

芽依汰は右手で二希を左手でミミの手を掴んで、私の前から遠ざかって行った。

なぜだろう、ミミを人質にとられた気持ちになった。

ラッシュの時間が迫っていたので人々でごった返すホームの上で別れることになった。

ミミが不意に振り返り、パパと仲良くしてね、と大きな声を張り上げた。

その声はまもなく電車の到着を伝えるアナウンスの声にかき消されてしまった。

私は手を振り返したが、表情は凍りついたままだった。その時、ミミの前を遮った男に目が留まった。一瞬のことだったが不意に過去の記憶へと接続された。

私はホームの太い鉄柱の陰に隠れた。あの男だ。間違いないあの男だ。

男は私の前までやって来て、背中を向けた。二十年近い歳月が流れているが見間違えるはずはない。何をしているの？　まさか、ここで電車を待っているの？

髪の毛が薄くなり残った毛は白くなり、目尻に幾本もの皺が走っているが、母の昔の恋人に間違いはなかった。

『電車が来ます、黄色い線の内側までお下がりください』と再びアナウンスが流れた。

男は後退する時、一度こちらを振り返った。目が合ったが気づくはずもなかった。

長い年月が流れている。私はもう幼女ではない、成長した私をわかるはずもなかった。

でも、私は忘れたことがない。忘れもしないあいつだ。

この男にされたことをずっと忘れることができなかった。

確かこの先の急行が停《と》まる駅に住んでいたはずだ。今もまだそこにいるのか？

そこが地元なのかもしれない。物凄く長い間、私たちは同じ沿線の隣同士で生きていたことになる。

　母とこの男は私が高校生の頃に別れている。母はもう違う男と暮らしている。

　何もかもが過去のことだったが、私は今、この瞬間、この男を殺したいと思った。

　ベルが激しい音をたてて鳴り響いた。下がってください、とマイクを通した駅員の生々しい声が響き渡った。私は男に近づいた。目の前に男の背中があった。

　あの日、私は泣き叫んだ。この男が仕出かしたことの、取り返しのつかない過ちのせいで、それから今日まで闇を抱えて生きてきた。

　許せるはずがなかった。轟音が響き渡った。足元が揺れ、風がホームを吹き抜けた。警笛の音が鳴り響いた。私は一歩踏み出した。手に力を込め、男の背中を押した。

「ママ！」

　ミミの声が私の頭の中で反響した。私は目を見開き、慌てて自分を制御した。

　車輪のレールを擦る嫌な音が耳を塞いだ。男の背中に手が当たったが、男が持ちこたえてこちらを振り返った。

　彼に睨まれたが、ぶつかったと勘違いしたのか、私の身体を彼が受け止め、滑り込んだ電車の風圧がホームで抱き合う私たちを現実へと連れ戻した。

　男が何か叫んだ。危ないじゃないか、と怒鳴ったのかもしれない。

私は目を瞑り、息を止めた。扉が開いた途端、大勢の人がそこから溢れ出てきた。そしてその開いた扉を目指す大勢の人たちと交差した。

あの男に腕を掴まれた、そこが痛んだ。

あの男は私を振り払うと閉まりかけたドアの中へと飛び乗った。

再びベルが鳴り響き、電車が走り出した。私は窓際に立つ老いたあの男を見つめていた。男も私を見つめていた。

私にはずっと忘れられないことと、思い出したくないことがあった。

家に帰りたくなかった。帰れるわけがなかった。

純志とこれ以上向かい合って話すことなど何もないし、話したくもない。

同じ屋根の下でさらにもう一晩一緒に過ごすことは地獄以外の何ものでもないし、向こうもきっとそれを望んではいない。

私はいったい何と結婚をしたのだろう。私はなぜあれほどの虐待を受けなければならなかったのだろう。それらはいったい私にとって何だったのか。

どうしてこのような残念な人生が私には残されてしまったのだろう。

これからこの気持ちを抱えてどうやって生きていけばいいのだろう。

芽依汰は私を安心させてくれる。けれども彼は私の夫にはなれない。

娘が救いだけれど、彼女から父親を排除することもできない。

愛のない夫婦を続けていく自信など毛頭ない。

裏切りがわかった以上、もう一日たりとも一緒にいることなんかできない。

昨日、私はソファで寝た。その時の硬い屈辱を一生忘れることがないだろう。あの日、私はあの男にレイプされた。あの時の苦い屈辱を私は絶対に忘れることがない。

なぜ、いつまでも絶望が繰り返されるのだろう。

家に向かう途中の薄暗い路地の突き当たりにぽつんともう何年も前から気になっていたバーの光りがあった。

鉄扉に小さな文字で「ＢＡＲ」と書かれてあるだけの怪しい雰囲気の店。

けれどもその時の私には恐れるものなどなかった。

普段なら絶対にそんなところには立ち寄らないけれど、ただ酔いたくて入った。

カウンターに若い男たちが陣取っており、その店に相応《ふさわ》しくない客をじろじろと値踏みした。

私がテキーラを注文すると彼らは、おお、と歓声を張り上げた。中には拍手する者までいた。

バーテンダーが、やめなさい、と制した。この人がいれば安心だな、と思った。

若者たちも見た目は怖そうだけれど、そこまで悪い子たちには見えない。

今となってはあの男や純志よりも悪い奴などこの世界に存在しない。

あいつらに比べればこの子たちは天使だ、と自分に言い聞かせ、おかしくなって口元に笑みが浮かんだ。

「塩とライムもください」

「わかりました」

バーテンダーはショットグラスにテキーラを注いで、櫛切《くしぎ》りにしたいくつかのライムと岩塩の載った小皿を一緒に私の前に差し出した。

私はショットグラスを掴み、親指と人差し指の付け根を舌先でサッと舐めた。そこにほんのちょっと岩塩を置いた。

気の利くバーテンダーがすっと私の前にチェイサーを差し出した。

私はライムを齧《かじ》ってから塩を舐め、ショットグラスの半分ほどを一気に飲み干した。

酒は弱い方ではなかったが、テキーラはさすがに染みた。カッケー、と若い男の一人が声を張り上げた。

「静かに飲みたい夜を邪魔するな」

バーテンダーがさっきより少し強い口調で遮った。

髭《ひげ》を蓄えたがっちりとした体躯の人だった。若者たちはきっとこの人を尊敬しているのであろう。彼らは私に背を向け、その後ずっと大人しくなった。

「いいんですよ。おっしゃる通り、寂しい夜ですから」

と私が告げると、この辺にお住まいですか？　と髭の男は訊いてきた。

「ええ、すぐそこです。這ってでも帰れるから安心して」

バーテンダーは俯き、小さく微笑み、私の冗談に付き合ってくれた。

チェイサーグラスの水に照明が反射して光った。淡く美しい輝き。漂流する者にとってその輝きは導く救いの光りでもあった。

人間はみんな、それは誰であっても、生まれてから死ぬまでの間、あてのない人生という海原をひたすら漂う漂流者なのである。

私だけが特別な人生じゃない。

どこかに辿り着かなきゃ、と自分に言い聞かせながらテキーラを飲み干した。

なぜ、こんなに強い酒を注文しているのだろう。迷わず酔いたい時はテキーラがいいよ、と教えてくれたのは純志だった。

前の彼と死別して苦しんでいた時に、はじめて入ったバーで隣同士になった。メキシカンスタイルの飲み方を教えてくれたのも純志だ。

目の前のバーテンダーが元カレにそっくりであることに気が付いた。

髭の感じや背恰好とか、物静かなところが、酔ったせいかもしれなかったが、似ていると感じた。

思わず斜め前に立つバーテンダーを見つめてしまう。でも、彼はずっと俯いてグラスを磨き続けていた。

あの人と私は結婚するはずだった。

私は当時、元カレに自分の身に起きたほぼすべてのことを話した。それに対しての感想も返答もなかったが、受け入れてくれる大きさのある人だった。

私は純志にすべてを語っていない。死に別れた恋人がいたことは伝えたが詳細は語ってないし、虐待の過去も語っていない。

思い返すと何一つ私は純志に自分のことを話していなかった。

同時に私も純志のことをよく知らない。

時々、彼の家族に会うけれど、私は馴染めない。

悪い人たちじゃないが、一生の付き合いができるような人たちとも思えなかった。

当たり障りなく、ミミのおじいちゃんおばあちゃんとしてお付き合いをしてきた。

私のためではなく、ただ、ミミのために必要な人たちであった。

純志も私の母には二度しか会ったことがない。私が母と会わないのだから、純志だけのせいでもない。

純志は私の親について知ろうとしたことがないし、母のことを心配することもない。そもそも純志は私の歴史に興味がない。

あらゆることが希薄であった。

「もう一杯、同じものをください」

「もうやめた方がいいですよ。また、いらしてください」

私は支払いをした。バーテンダーがはじめて私の目を見た。死に別れた人が戻って来たような動揺を私に連れて来た。

私の目元がまたしても濡れ始めたので、私はそれを振り切るようにして階段を上った。

「どこ行ってたんだよ。電話したのに」

「どこでもいいでしょ」

「飲んでるの？」

「飲んだわよ。何がいけないの？」

「絡むなよ」

「裏切り者のくせに私に指図しないで！」

私は純志の頬を平手打ちした。それは見事に彼の横顔にヒットし、反動で純志がよろけた。

何かが私の中で溢れ出した。その感情を抑制することができなかった。

半身を起こした純志の顔をもう一度今度は思いっきり拳《こぶし》で殴りつけてしまった。顔を庇《かば》いながら純志が私の腕を掴み、男の力で私を壁に押し付けてきた。

私はあの男のことを思い出してしまった。

殺してやる。

「やめるんだ。早希、やめなさい。落ち着いて」

「うるさいわよ。卑怯者！」

私はこともあろうに純志の顔に、その抑えの利かない怒りに任せて自分の額を勢いよくぶつけてしまった。

鈍い音が頭を揺さぶった。

頭突きをしたことなど一度もない。

人を殴ったことも、殺したいと思ったことも一度もない。

飛び込んでくる電車の警笛とミミの声が私をなんとか引き留めた。

私はその時、明らかな激しい殺意を握り締めていた。

私は気が付いたら純志の無防備な顔面に全力で頭突きをしていた。

それは咄嗟《とっさ》のことで逡巡《しゅんじゅん》の余地さえなかった。

酔っていなければ、きっとそんなことはしなかったはずだ。

しかも倒れかけた純志の身体をその勢いに乗じて背後から突き倒した。

バランスを崩した純志はテーブルの角に頭をぶつけてしまった。

額が割れて血が噴き出した。その真っ赤な血を見て、私はやっと自分の仕出かしたことに気が付いた。

でも、もう何もできなかった。

私はその場にしゃがみ込み、昔の恋人の名前を叫んでいた。

頭を押さえて四つん這いになった純志を見ながら、私はかつての恋人の名前を呼び続けていた。

第二部　愛情漂流

この四人は早希が自身のことをそう感じたように愛情の漂流者ということができる。自分が辿り着ける場所を最初から知りえている者などいない。どこに流されるのかわからないまま、人間はこの人生の大海を漂流している。嵐に遭遇する日もあれば、照り付ける太陽のせいで餓死しそうになることだってある。やっと遠くに陸地を発見しても激しい波に流されてしまう残酷もあれば、サメに包囲されたり、筏《いかだ》が腐って溺れることだってある。それでも命のある限り、人は愛という海原の上を、安住できる陸地を目指して漂流し続ける。四人の乗ったそれぞれの筏は果たしてどこに漂着したのであろう。

二希とミミは同じ小学校に通っている。彼女たちが自分たちの身の上に何が起きたのかその本当の理由を知るにはもう少しの歳月と生きる中での経験が必要となるが、少なくとも、それまでとは違う環境に置かれたことは認識できている。一人っ子である二人はその見えない傷を癒しあうために前にもまして寄り添うようになった。これまでとは異なった環境の中で二人はまさに姉妹のように生きている。彼女らの親である四人はこの子たちのことをまず考慮した。とはいえ、四人が一堂に会して会議のようなことがなされたわけではない。時間をかけてまず夫婦間で話し合いが行われ、割と早い段階でそれぞれの離婚はやむなしという結論が導かれ、彼ら四人は子供たちをどういう環境で育てるのがいいのか間接的ながら話し合うこととなった。まず早希と純志が話し合い、理沙と芽依汰が話し合い、それから理沙と純志がこっそりと会って、早希と芽依汰も頻繁にこの話題でやり取りをするに至った。そして、親権を持った方が二人を同じ小学校に通わせることとなった。

その夜は何が起きたのかわからず四人は激しい興奮と怒りと不安を持ったが、一夜明けて、冷静さを取り戻した時に彼ら四人がようやく気が付いたことは子供たちにこれ以上の心配をさせてはならないということであった。四人はそこで仕方なく緩やかに結束し、事態をこれ以上悪化させこじらせないように動くことを決めた。純志は自分で救急車を呼び病院へと向かった。早希は芽依汰に連絡を入れ何が起きたかを震えながら説明し、その夜は理沙が子供たちを見守ることになった。それぞれが責任を感じ、それぞれの判断で行動することになるが、ここに生じた亀裂はもはや元に戻せないものだった。この時、四人は四人とも孤独な海をたった一人で漂流していることに気が付いた。病院へ向かう救急車の中で、救急隊員に何が起きたのか、と問われた純志は、貧血で倒れてテーブルの角で頭を打った、とだけ伝えた。呼吸もままならない状態で早希は芽依汰に電話をかけ、出ない声を振り絞って状況を説明した。芽依汰はそのことを理沙に伝えた後、暗い住宅地の中を早希のマンション目掛け全速力で走った。理沙は純志を心配しながらもソファでスマホを握り締めながら朝を待った。自分がどこへ向かおうとしているのかを暗く寂しい海の彼方を見つめながら四人は四人なりに考えることになる。闇の海面を漂うそれぞれの筏の上で足を組んで横たわり、四人は長い夜が明けるのを待った。時間だけがこの行く先を知っていた。朝の光りで目を覚まし、水平線の先に陸地を発見した時、そこがどのような場所なのか、四人は不安に見舞われながら見守ることになった。でも、そこに上陸するしかなかった。そこで何が待ち受けていたとしても陸地に上がるしか他に方法はなかった。

「ママ、今日はパパが来る日でしょ」

ミミは学校から戻って来るなり言った。

「ええ、そうよ」

「で、ママは日曜日に戻ってくるんでしょ、いつものように」

「ええ、そうよ。パパと仲良くしてね」

「もちろんよ、遊園地に行く約束してるんだ」

「あら、よかったね」

「でも、ママも一緒だと嬉しいけどな」

「ごめんね、ママは一緒に行けないのよ」

「知ってる。結局、パパとママは仲良くなれなかったんだよね」

「でも、ミミにとっては私たちだけが永遠にパパとママなんだよ」

「私はパパも好きよ。ママのことも好き」

「それでいいのよ」

「ちょっと寂しいけど、無理しないでいいよ」

「ありがとう。おいで、ぎゅっとさせて」


結局、理沙の計画は実現しなかった。理沙は純志と再び結ばれることはなかった。二人はその後、プライベートでの連絡を遮断した。建前上、親権を持った早希と芽依汰を通して理沙と純志は子供たちと会わなければならなくなった。二つの家族が離縁に向かう時、その大きな引き金を引いた理沙と純志は出し切った性愛の結果を受け止めなければならなかった。自暴自棄になった理沙は芽依汰に離婚を迫り、譲らない芽依汰に業を煮やして親権を放棄した。それは相手が芽依汰だからこそできることでもあった。芽依汰ならば会いたい時に娘に会わせてもらえるし、芽依汰ならば最終的な家族の枠組みは維持できるはずだと目論んだ。実際にその通りになったが、いざ離婚が現実のものとなった後の喪失感は理沙の心をずっと苦しめることになる。古巣の編集プロダクションでフリーランスの編集者として働き始めた理沙の漂流に終わりはなかった。離婚から二年が経ったその日まで理沙は純志と連絡することを控えた。でも、二人はばったりと再会することになる。それがどこかということは重要じゃない。彼らが生きている生活圏のどこか、思い出の場所の一角、階段を駆け下りた時に、まるで待ち合わせていたかのように、過去の人がいた。二人は驚き、でも、間接的ながら細かな近況は聞いていたので、簡単な挨拶程度のやり取りをしただけであった。理沙は気が付いた。純志の右目の瞼の上に黒い傷が痛々しく残ってしまったことを。

「元気ですか?」

と口火を切ったのは純志であった。

「ええ、あなたは?」

と理沙が訊き返した。

「ほら、この通り」

「よかった。ミミちゃんに会った帰りね？」

「うん、そっちはこれからだね」

「そう、ちょっと変則的な仕事なんで、今日から二日間の休みなの」

「喜ぶね」

「ええ、ミミちゃんは？　うちの子がいつもミミちゃんの話をする」

「ミミもいつも二希ちゃんの話ばっかり。だから、なんだかずっと……」

「ずっと何？」

「ずっと続いているような感じがする」


あんなに愛し合ったのにそこにあるのは過去だけであった。その過去も幸福なものではなかった。理沙は純志のことをジュンジュンと呼んでいた性愛の日々を思い出した。その横顔に向かって、ジュンジュン、と声をかけようとしたが、すぐに躊躇われた。もうあの性愛の海へは戻りたくない。あたしはあたしの幸せを探さなければ、と理沙は心に誓った。純志は上りかけた階段の途中で立ち止まり振り返った。遠く、雑踏の中へ消え入ろうとしている理沙のか細い背中を目で追いながら、どこからともなく激しい交接の記憶が蘇ってきたが、それはまもなく蜃気楼のごとく儚く消え去ってしまった。瞼に残った傷に触れ、あの日のことを思い出した。純志は静かに目を閉じ、口元を緩め、歩きはじめる。

理沙が二希の父親かもしれない昔の人からのメールを受信箱に発見したのは、二希を寝かしつけた後のことであった。短い文面に、『悩んだけど、どうしているかな、と思って』と書かれてあった。確かめたいことがあったので翌週の仕事終わりに待ち合わせた。はっきりさせたいことがあったが、今となってははっきりさせる必要のないことかもしれなかった。昔、何度か待ち合わせたことのある副都心のスペインバルのカウンター席に並んだ。注文するものも選んだワインも昔のままの好みであった。驚くほどに痩せこけていたので、健康に問題があるのかもしれない、と心配になった。その人と思い出話をしている最中、頭の中にあったのは二希のことであり、そしてなぜか芽依汰のことであった。このところ三人が幸せだった頃のことばかり理沙は思い出している。一時期の恋人は理沙のスマホの画面が光ったのを見逃さなかった。二希からのおやすみのラインが入った。待ち受け画面を指さし、ご主人と娘さんだね、とその人が言った。理沙は躊躇うことなく、ええ、そうよ、と返した。幸せなの？　ええ、いい子なの、と返すと、その人はカウンターの中の人にお勘定を要求した。大丈夫、今日はごちそうさせて、と素早く付け足して。理沙は小さくありがとうと呟いた。実は俺、あの頃二股かけていたんだよ、と別れ際に告白された。そうなんだ、と理沙は苦笑しながら戻した。お子さんは？　いない。ちょっともう難しいかもしれない。なんで？　その人が肩を竦めた。理沙はそれ以上訊くのを控えた。芽依汰の笑顔を思い出している自分が恥ずかしくなった。

母親がいなくなったので悲しむ娘を慰めようと芽依汰はついに熱帯魚と彼らが悠々と生きることのできる大きな水槽を買った。リビングルームの壁際にそれがどんと設置された。熱帯魚店の青い髪の店長自らが若いスタッフを連れて設置に来た。もう好きなだけ眺めることができますよ、うちで一番大きな水槽です、と青い髪の店長は畳一畳ほどもある大きな水槽を眺めながら太鼓判を押した。芽依汰は娘が小学校に行ってる間、カーテンを閉め切って、青い照明をともし、そこをまるで海の底のようにした。

芽依汰は二年前から新しい仕事に就いた。上司もおらず部下もいない。自分らしさを前面に出すことのできるリモートワークと呼ばれる在宅で働ける仕事であった。出社する必要はなく、上にはマネージャーと呼ばれる管理人がいるだけ、文句を言われることもない。マネージャーはただ成績の管理をしている。人材派遣に関するウェブの仕事で、コンピュータに精通する芽依汰にとってはまたとない仕事であった。出社しなくていい分、自己管理も成果もシビアに問われる業務だったが、子育てしながらでも、夜中でも働けるし、副業も可能でこれまでになく理想的だった。芽依汰はリモートワークの可能性を面白がり、集中して知識を得て、短期間で大きな成果を得るようになった。従来のヒエラルキー型の仕事ではないのでストレスを感じることも、カラオケに付き合わされることも、違和感に悩むこともなかった。ただ自分が頑張ればトップになることも、好きな日に休むこともできたので、彼にとっては最適な仕事と言うことができた。なにより、二希と過ごす時間が以前よりも多くなったことが芽依汰を喜ばせた。


「パパはずっと家にいるの?」

「そうだよ。あ、お買い物は行くけど」

「ミミがうらやましがっていた。いつもパパがいるのはうらやましいって」

「ずっといるから安心しなさい」

芽依汰は二希の頭を撫でた。二希が甘えて芽依汰の身体に頭を傾けた。

「でも、ミミはいつもミミのママと一緒でうらやましい」

「ママはパパの代わりに外で働くようになったんだ。仕方ないね」

「でも、パパとママが一緒にいないから変だよ」

「パパが二希のママにもなるよ」

「きもいよ」

「え？　そうだね」

二人は笑った。芽依汰は笑うふりをした。

「じゃあ、今度ママと三人で遊園地にでも行こうか？」

「うん、行こう。パパとママが手を繋いでるのが見たい。手を繋いでね」


早希は娘が寝た後、毎晩のように外出をする。この一年ほどの習慣であった。いつものバーに顔を出し、時々、洗い物などを手伝っている。常連たちの間ではその控えめな関係を知らない人はいない。でもその日、幼稚園の時の担任が常連客の一人と一緒にやって来た。すぐに彼女は早希に気が付いた。早希がちょっと曖昧な笑顔を向けたので、元担任はなんとなく事情を察し、早希の横でカクテルを作る堅物のバーテンダーへと視線を移した。それ、とバーテンダーが顎でしゃくった。早希は寄せ集められた空のグラスを掴んだ。洗い物が終わると、早希は何食わぬ顔でカウンターの端っこのいつもの席へと戻った。男の横顔がよく見える席でもあった。正面だと恥ずかしくて直視できないが、一番端からならずっと眺めていられる。芽依汰を連れてきたこともある。芽依汰とバーテンダーも顔見知りになった。芽依汰はあまり強い酒が飲めなかったので、ビールを一杯飲んだ後はジンジャーエールをお代わりしていた。バーテンダーは芽依汰には笑顔だったが、早希にはいつの頃からか笑顔を見せなくなった。それが彼女には嬉しくもあった。早希はほのかな恋心を抱き始めているがそのことを言葉にして伝えたことはない。でも、常連客のほとんどは早希の気持ちを理解しているし、見守っている。早希がいじらしくその日を待ちわびていることもみんな知っていた。あの若い連中も陰では応援していた。常連客が全員帰って店を閉めた後、早希と男は決まって遅くまで一緒に飲んだ。


「テキーラを飲まなくなったね」

「もう苦しくないからね」

早希は告げた。

「何を期待している？」

　とバーテンダーは言った。

「何も期待していないわよ。もう期待することはやめたの」

　と早希が微笑みながら戻した。

「それならいい。そこで飲んでいても」

「ありがとう。ねぇ、何が楽しくて生きてるのか知りたい」

「俺が？」

　バーテンダーは白い歯を見せつけて笑う。

「期待しなければなんだって楽しくなる」

「わかる。その通りだと思う。期待なんかしない」

　早希も笑った。バーテンダーがショットグラスを二つ取り出し、自分たちの間に置いた。

「期待しなければがっかりすることもない」

「臆病なんだね、意外と」

「失敗なんかを恐れてない。でも、他人ってのは自分じゃないからね、面倒くさい」

　わかるな、と早希は思った。それでいいんだ、と思った。

「ま、いいよ。明日は来る」

「そうだね、それでいいわ」

二人はライムを齧って、塩を舐め、競うようにテキーラを呷《あお》った。


純志の日々の楽しみはミミから送られてくるラインのスタンプであった。会議が終わった後、こっそりとスマホを確認した。ミミが好むアニメのスタンプが並んでいた。だいたい同じスタンプだったが、それでも娘の今を想像することができて幸せであった。時々、悲しむ顔のキャラクターのスタンプが送られてくると今は寂しいのかなと純志は胸を痛めた。女の子が二人で仲良く遊んでいるスタンプはたぶん二希と遊んだことを伝えたいのに違いなかった。純志は大きくなった二人が小学校の校庭で楽しそうに遊ぶ姿をイメージした。大人の女の人の笑顔は早希のことに違いなく、男はたぶん自分だろう。その男女のキャラクターが仲良くしているツーショットの絵は彼女が密《ひそ》かに夢見ている親の姿かもしれない。或いはいつか二人にまた仲良くしてほしいという願いかもしれない。そういうことを想像しながら純志はスマホをじっと見つめていた。

「課長、誰からですか？」

「誰でもないよ」

「怪しいなぁ、きっと素敵な女性からですね」

「素敵な女性であることには間違いないけど」

純志を囲む部下たちが一斉に声を張り上げ冷やかした。二次会のカラオケの大きな個室の中央で純志は隣に寄り添う若い同僚からマイクを手渡された。

「そうだと思いました。いっつもラインばかり見てるから、素敵な女性からだろうなぁ、と思ってましたよ」

「だから、素敵の意味が違うんだってば。あ、ちょっと待って。かかって来た。素敵な子から」

口笛を鳴らすもの、茶化すもの、拍手が渦巻いた。純志はマイクをテーブルの上に置いて、苦笑いを浮かべながらカラオケルームを出た。次の曲のイントロが応援歌のように賑《にぎ》やかに流れはじめる。純志はドアを閉め、スマホを耳に当てた。

「なんか騒がしいところ？」

「今、会社の人たちとカラオケにいるんだよ。ごめんね」

「パパ、どうしてるかな、と思った」

「元気だよ。ミミは？」

「元気じゃないよ」

純志は驚いて、え、なんで、と訊き返してしまった。

「今日、パパに会いたいんだけど、今から来れる？　カラオケもお仕事なの？」

「ママは？」

「ママはね、いつもこの時間いないよ」

「遅いのに、どこに行ったのかな？」

「飲みに行ってる。お酒のお店。だからミミ、眠れないから」

「でも、もう十二時だから寝なきゃ。じゃあ、ミミが寝るまでライン通話で繋がっておくから、目を閉じなさい」

「うん、目を閉じた。パパに会いたい」

「あと二日寝たらパパは会社がお休みになるからそっちに行くね」

「ミミ、何もいらないからパパとママに今ここにいてもらいたい」

「目を閉じたら余計なこと考えないで、眠らないと。パパはずっとミミのパパだよ」

「知ってる……」

「いい子だね、明日、また二希ちゃんと遊んだらいいよ」
「うん、そうする」
「ミミ」
「……」
「おやすみ」

自由になるとどうして心が不自由になるのかと理沙は考えている。結婚していた時はいつも自由になりたいと思っていたのに実際には違った。好きな時に好きなことができる自由が手に入ったというのに、二希はどうしているだろう、今日の芽依汰が作る夕食は何だろう、とつい考えてしまう。その欠落した穴を埋めてくれる人を探し出すのは簡単なことじゃない。だから理沙は離婚後、京先輩に自分が選んでしまった悲しい結末について報告をした。それでもすぐに二人が再会できたわけではない。理沙が新しい生活にようやく慣れ始めた頃に「会おうか」というメッセージが届いた。京先輩が指定してきた薄暗いバーで二人は実に十年ぶりに再会を果たした。そこにいた京先輩は確かに理沙の記憶の中にいたすらっと背の高いキャプテンの彼女ではなく、ごく普通の主婦。すっかり体形も変わってふくよかになっていた。子供が三人いた。

ご主人は一回りも上の外国人だった。京先輩は芸能プロダクションの内勤の仕事をしていた。そこに在籍するタレントの名前を聞かされたが一人もわからなかった。経理とか契約書の管理をやっているけど、たまに現場にも顔を出すのよ、と笑いながら自慢した。髪型は変わらなかったが微笑む顔はあまりに優しいお母さんのそれであった。

「君は変わらないね」

京先輩の第一声だった。二人は並んで座り、理沙はこれまでのことを、もちろん純志とのことまでほぼすべてを包み隠さず語った。一時間もしないうちに理沙は変化した京先輩に慣れ、再び昔のように心を許すようになった。もう若い時の精悍《せいかん》な彼女ではなかったが、その時の理沙には周囲で一番頼りになる存在でもあった。口づけを交わしたことを思い出し、思わず視線を逸らしてしまった。別れ際、理沙の方から京先輩に抱きついた。小雨が降る狭い路地の街灯の下でのこと。躊躇しながらも京先輩は理沙を昔のようにぎゅっと抱きしめた。涙腺が緩み、理沙は思わず泣きだしてしまった。あたしはどこに行くの、と理沙は心の中で呟いた。あたしはどこに辿り着くのかしら。

昼下がりのあの幼稚園の近くのいつものカフェで芽依汰と早希は向かい合っていた。

早希がバーの男と親しくなってから二人の会う数は減った。でも、その関係に変化があるわけでもない。二人は主に子供のことを協議した。芽依汰が議長で早希が唯一の委員であった。子供たちを育て上げるために話し合う必要のある様々なプランについて二人は話しあったが、その日はちょっと議題が逸れた。早希が初めて再婚について意思を表明したからだった。もちろん芽依汰は反対しなかった。相手の男の素性もだいたい聞かされているし、実際に何度か会ったこともある。余計なことを一切言わない物静かな男という以外は彼にはわからなかった。

「問題はミミちゃんがどう思うかだよね。まだ相当な時間がかかると思うよ」

「ええ、そうだし、彼にしてもそのことを急いでいるわけじゃないのだけど、でも、いつかはその時が来るような気が日に日に強くなっていて、落ち着かないのよね」

「僕には羨ましいとしか言えないけど、あとはミミちゃんをどうやって説得するかだよね？　一緒に暮らすことになるんだろ？」

早希は小さく頷き、手元へ視線を逸らしてしまった。芽依汰は窓の外へと目をやった。雨が上がり明るい陽射しが児童公園を浮上させる。幼かった子供たちも物事を理解できつつある年齢に育ってきた。両親が揃ってないことも頭の中できちんとわかるようになった。でも、まだ早すぎる、と芽依汰は珍しく意見した。

「結婚をしてもいいけど、ずっと別居というのは難しいのかな？」

「それもあり得る。ちょうどいいことに彼は自分の生活習慣を変えたくないの。だから、そもそも結婚にこだわっているわけじゃない」

「ならいいね」

「でも、子供を欲しがってる」

「ありゃ」

それだと話はもう少し複雑になるね、と芽依汰が先回りした。うん、と早希も同意する。

「まず、その人とミミちゃんを会わせてみたら？」

「一緒に会ってくれる？　四人で」

「おっと」

芽依汰は早希の目を見つめた。訴えるような強い眼差しが芽依汰の目を射る。必死さが伝わってくるので、もちろん、と小さな声で告げ、安心させた。でも、気が重い返事でもあった。ミミがこれから選ばなければならない、たくさんの選択について芽依汰は考えてしまった。人を好きになるということはきっとこういうことなのだ、と自分に言い聞かせながら。

「だからね、ミミにママの友達を紹介したいの」

「パパも来る？」

「パパは来ないけど、芽依汰さんが一緒に来てくれるよ」

「なんでパパは来ないの？」

早希は少し考えた。

「パパとその人は友達じゃないからよ。ママは芽依汰さんと仲がいいでしょ。ああいう感じの人かな。とにかくその人はミミに会いたがってるの」

早希は優しい眼差しでミミの目を覗き込んだ。ミミは表情を変えずじっと早希の心の中を見つめ返していた。子供ながらに何かを計算するような強い視線であった。

「会わない」

ミミが結論を出した。

「そっか、残念だな。がっかりするかもね」

早希は動揺したが、それを悟られないように取り繕う必要があった。だから、ちょっと微笑み、肩を竦めてみせた。

「でもそれはミミのせいじゃない。ミミは誰にでも会いたくないの。しばらく新しい人には会いたくない」

「わかったわ。じゃあ、そう伝えておきます」


街路樹が立ち並ぶ歩道の先まで木漏れ日がびっしり模様を拵えている。まるで果てしなく広がる海原のような。この男もまた物心がついた頃より人生の荒波を漂流し続けてきた一人であった。離婚の後、何がこのようなことを招いたのか、と悩まない日はなかった。足を踏み出すたびに、木漏れ日の中で芽依汰は人生の眩暈を堪えなければならなかった。不思議な錯覚、これは自分が抱えてきた違和感のようなものかもしれない。芽依汰はネットで同じような心を持った人たちの集会があることを知った。不安もあったし、期待もあった。どういう人たちだろうと思って出かけることになる。

歩道に突き出したテラス席で数名の男女が向かい合っていた。木漏れ日がこの人たちの顔の中でも波打っている。年齢もばらばらだが、二十代、三十代の男女であった。恋愛感情を抱くことのできない人々の集い……。

「僕たちは別にかわいそうな人たちじゃない」

世話人の青年が告げた。

「生涯寄り添えるパートナーがほしい。でも、それ以上の関係というのはわからないし、求めていません」

その隣に座る女性が発言した。

そこに集まった数人の男女はだいたい同じことを口にした。芽依汰が常日頃感じていることとほぼ一致していた。どう思われますか、と一巡した後、意見を求められた。

あ、と芽依汰が我に返り言葉を探した。

「僕は、三十代半ばで、子供がいます。求められたらできたし、今は親としてとっても幸せな毎日を生きています。でも、二年前に僕の心の問題のせいでしょうか、離婚してしまいました。その原因が自分にはよくわからない。性的な行為を求めない僕に対して向けられた世間の目に違和感を覚えてなりませんでした。だから、もっと自分を知りたくて……」

一同の視線が芽依汰に集まった。

「世の中の、その、恋愛することが前提というのがわからない。性的なことがセットじゃないと愛は生まれないというのがわかりません。僕もかわいそうな人間じゃないし、異常でもない。会社を辞め、今は在宅でできる新しい仕事と向き合いながらシングルファザーをやっています。娘に愛されているので幸せですけど、でも、孤独になりたくなかったので、皆さんに会いに来ました」

一人が拍手をした。全員がその青年を振り返った。

「あの、すいません。こういう集まりに来るのも嫌だったけど来てよかった。芽依汰さん？　でしたっけ？　僕、芽依汰さんと会えて自信がつきました」

ずっと俯いていた青年が顔を上げ、芽依汰に向かって発言した。その笑顔の上にも木漏れ日が揺れた。

「恋愛とか結婚っていう言葉が苦手でした。どうせ、親にはなれない、と思っていたから、娘さんと二人で生きて頑張ってる芽依汰さんに励まされました」

芽依汰は苦笑した。

「励ますって、あの、僕は普通に生きてるだけなんですけど」

一同が苦笑した。

「みなさん、わかってることですね。でも、自分一人だけかと思っていたので、ここに同じようなことを共有できる人たちがこんなにいて、嬉しくなりました。ずっと一人で娘を育てていくだけというのも嫌なんです。一緒に支えあって生きていけるパートナーがほしい。ただ傍にいてくれるだけで励まされる、そんな人がいるかどうかわかりませんが、そういう人を探します」

今度は全員から拍手が起こった。お互いの顔をさっと見て、一瞬の間があいた後に笑いが起こった。ここに来てよかった、と芽依汰は思った。或いはもう来ることはないかもしれないけれど、孤独ではないことを知ることができた。

帰り道が同じ方角の女性と連絡先を交換した。その人はまだ大学院生で芽依汰よりもずっと年下であった。『生きていく上で違和感が強すぎて何度か死ぬことを考えた』と彼女が言った。地下鉄のプラットホームでそれぞれの電車が来るまでの間、芽依汰はその人に自分のこれまでのことを語った。まもなく電車が入って来て、お互いの言葉が遮られた。僕らはかわいそうな人ではない、と芽依汰は閉まりかけたドアに向かって呟いた。地下鉄の扉の向こう側に立つ女性の目の中にも揺れる木漏れ日があった。

スマホが震え、ライン通話の着信を伝えた。理沙からであった。芽依汰は走り去る地下鉄を見送りながら、スマホを耳にそっと押し付けた。

「芽依汰、今どこ？　二希に何かあったみたい、学校に行ける？」

不意に芽依汰は現実に連れ戻されてしまった。


頭痛を訴えて倒れた二希を見て動揺したミミは、そのことをラインですぐさま純志に伝えた。メッセージを受け取った純志は会議中だったがグループラインで全員に伝えた。けれども誰一人既読にはならなかったので、一度会議室を抜け出しスマホに登録してあった理沙のスマホの番号にとりあえず掛け直した。理沙も打ち合わせ中だったので電話に出ることができず、会議中、とだけＳＭＳを戻した。純志は理沙に『二希ちゃんが倒れた』とメッセージを改めて送り直した。理沙は驚き芽依汰に電話をかけた。

「純志さんのところにミミちゃんから、二希が倒れたという連絡が入ったの。でも、どういう状況か全然わからないのよ。あたしもすぐに向かうけど、ここからだとちょっと時間がかかるから、芽依汰お願い、学校に電話して状況を調べて」

理沙の電話の直後、早希からも電話が入った。

「二希ちゃんが激しい頭痛を訴えたみたい。それで救急車で」

「救急車？」

芽依汰はホームの中央で動けなくなり、スマホを強く握りしめてしまう。声はとぎれとぎれではっきりとしない。とりあえず自分のいる場所を伝えた。

「わかった。じゃあ、まず動ける私が学校に連絡をして、いえ、近いから学校まで走って、情報を集めてみる。とりあえず、こっちへ来れる？　電話は通じ難《にく》いと思うからラインで連絡いれます」

芽依汰は電話を切り、ちょうどホームに入って来た地下鉄に飛び乗った。日中なので車内はがらがらだった。落ち着かなかったがどうしていいのかわからない。スマホを握り締め、待ち受け画面をずっと睨み続けた。そこには家族三人が幸せだった時の、まだ生まれたばかりの二希を抱きしめる理沙とその横で微笑む自分が写っていた。

まもなく早希からラインメッセージが届いた。搬送されたと思われる病院名だけが書かれてあった。芽依汰がいる場所から三つ先の駅に病院はあった。グループラインはまだ存続していた。「いったい二希ちゃんに何があったの」と純志からメッセージが入った。既読が3になった。続けざまに早希から付き添っている担任の名前、頭痛を訴えた時の状況などが次々に入って来た。

理沙は芽依汰から遅れて三十分後、病院に到着した。大きな待合室の端っこで芽依汰がうなだれている。横には二希の担任がいた。二人とも沈痛な面持ちである。芽依汰が青ざめた顔を理沙に向けた。その表情から二希の状態が思わしくないことを理沙は改めて悟った。何が起こったの？　理沙の第一声であった。芽依汰に代わって担任が説明をする。

「給食後、グラウンドで遊んでいたら二希ちゃんが急に頭が痛いと叫びだして、それが尋常じゃないのですぐに救急車を呼びました」

「今は検査中だけど、多分、問題は頭の中みたいだ」

「頭？」

夕方、純志が病院に駆け付けた。スーツ姿だが、汗を掻き、ネクタイを緩めている。理沙が立ち上がり、芽依汰は座ったまま、三人の視線が交わりあった。ストレッチャーに乗せられた血まみれの患者が三人の横を救急隊員に付き添われながら運び込まれていった。不意に慌ただしくなったり、不意に静寂に包みこまれたり、彼らがいる場所が通常彼らが生きる世界とは別の場所であることを伝えてくる。

「まだ検査が続いているの」

理沙が涙声で訴えた。蛍光灯の青白い光りが三人の目の奥で燻《くすぶ》っている。ぽつんぽつんと人がいるが、笑いもなく、会話もなく、動きもない。芽依汰が我慢できなくなり、大きな嘆息を零した。

「ここに運び込まれてすぐに救急医が小脳に出血がある、と言いました。その後、脳外科の医師がやって来て、出血の原因を精査している段階ということで……。二希は眠っています。頭にストレスをかけないために故意に眠らせているみたいです」

芽依汰が純志に説明しはじめると、その残酷な言葉のせいで、三人の目がばらばらに空間を彷徨いだした。それがどのような状態なのか誰にもわからない。でも、頭部に出血があることだけは理解できた。

三人は夜の待合室のベンチに並んで座り、それぞれの足元を見つめ続けることになる。早希から三十分ごとにラインが入ったが、全員が既読しても、誰一人返事をすることができなかった。検査が長引いているのか、重篤なのか、医者はなかなか姿を現さない。

「もう、大丈夫ですから、純志さん、ありがとう。今日は戻ってください」

芽依汰がようやく純志に向けて言葉を手渡した。

「いや、もう少し、ここにいていいですか。家に帰ってもどうせ一人だし、落ち着かないし。俺なんかいてもなんの役にも立たないでしょうけど、心配だからここにいさせてください」

理沙が立ち上がり、目元を押さえながらそこを離れた。芽依汰が振り返り、視線で追いかける。理沙の靴音が夜の待合室の中で切なく響き渡っている。

愛情の漂流ということを早希はずっと考えていた。人間は幸福な人もそうでない人も、一生をかけてその人生を漂流し続ける。もう漂流は終わりにしたいと彼女は自分に言い聞かせるが、そのためには漂流を終わらせるための大陸に辿り着かなければならない。しかもそこには緑があり、食べるものがあり、何よりも十分な愛が必要である。彼女が接岸を希望する大陸に彼女を受け入れるだけのこれらの要素がすべて揃っているのかどうか、早希にはわからない。そもそも一時的な接岸になるかもしれない。再び漂流が続くかもしれない。運命と一緒で早希にはこれを自分で決めることができない。早希だけでなく、人間は誰もが自分の運命の最終地を知らない。だから早希は日々自分に言い聞かせている。人間は一人で生まれてきた。そしてどんなに愛に囲まれた人間であろうと、人間はみんな一人で死んでいくということを忘れちゃいけない。入り口も一つであり、出口も一つなのだ、と。早希はカウンターのいつもの席から愛する新大陸を眺め、いつも自分に向かってそう呟いている。過度の期待はお互いのためにならない。今が幸せならそれでいい、という生き方しか選択の余地がない時もある。逸《はや》る自分に言い聞かせながら、グラスの中のアルコールを舐める。

理沙は娘が病院に運び込まれてからずっとその回復だけを願って生きた。これまでの自分のすべての罪がそこに押し寄せたのではないか、と自分を責める毎日だった。それでも残酷なことに、この日々、この毎日というものは待ったなしで無情に押し寄せてくる。夜が来て、必ず朝になり、昼を過ぎると再び夜がやって来た。欲深かった自分のせいだ、と苦しむ夜ばかりであり、いや、今はそんなことを後悔している暇はない、とベッドから抜け出す朝ばかりであった。病院のベッドで眠る娘の横でその小さな手を握り締め、彼女が再び昔のように元気になることだけを願った。あの日、手術室から出てきた医者は「娘さんのこれからの人生はこれまでの人生とは違ったものになるかもしれません」と言った。眩暈が理沙を襲い、自分を憎んだ。自分がこんなに元気であることを呪わずにはおれなかった。なんでもっと彼女のために生きてやれなかったのだ、と後悔せずにはおれなかった。「いや、まだ、何も結論が出たわけじゃない。元通りの人生が送れる可能性も残ってる。そして、現に、二希は生きてるじゃないか」と芽依汰が理沙を励ました。自分のわがままで離婚を芽依汰に迫り、半ば自分勝手に離婚を決行してしまった、と理沙は苦悩する。そのせいで娘にストレスを与えたのじゃないか、と思わない時はなかった。「それは違う。お医者さんが言った通り、脳動静脈奇形というのは先天性の病気なんだよ。その病にもっと早く気が付いてやれなかったことは悔やまれるけれど、これは仕方がないことだって先生もおっしゃっていた。そのことで苦しむのは筋違いだ。君が自分のせいだとそれでも決めつけるならばその責任は半分僕にもある。でも、誰が悪かったのかを探すのはもうやめて、これからの二希の人生を、もう夫婦ではないけれど、でも親として、一緒に支えていこうよ」と芽依汰は言った。理沙はその時、心臓から涙が流れるのを覚えた。

性愛というものの弱点は肉体を喜ばせることに優れているが、人の心を救う力がない点かもしれない。純志が今求めているものは明らかに性愛ではない。性愛は愛の一部かもしれなかったが、結局のところ、孤独な人間を包み込むものではなかった。ミミと過ごす週末に、ミミが二希のことを語るのを聞くのが辛かった。ミミも彼女のクラスメイトたちもまだ二希がどういう状態に置かれているのかをその幼さから理解することができずにいた。「早く戻って来て、また一緒に遊園地に行きたい」と微笑みながら言う娘に純志は困惑した。明るく活発な二希の人生を奪おうとしているものに彼は怯えた。それは死ぬということだった。ミミを抱きしめる時、幼稚園の年少の頃からよく知っていた二希の笑顔が純志の心を揺さぶって苦しくさせた。彼女の親である理沙や芽依汰のことも心配だった。「パパ、いつ二希は戻ってくるの?」娘や娘の学校のクラスメイトたちにどうやって二希の病気について説明したらいいのか純志は悩んだ。脳の手術をしたこと、今まで通り元気に校庭を走り回ることができない可能性について、もしかするとこれまでのような人生を送ることができないかもしれないことなど……。どんなに考えても小学生に伝える一番相応しい言葉など存在しないし、浮かんでこない。「みんなが私に訊いてくるの。いつ二希が戻ってくるのかって。パパ、それはいつなの？」純志は、今度先生とよく話をしてくるから待っててね、と言い続けた。「もう何度もそれ聞いたよ！」とミミが強い口調で言った。

人間というものはいったい何で動いているのだろう、と芽依汰は考えている。病院へ向かう道すがら、地面に映る自分の影を見下ろしながら……。ふと立ち止まり、手を振り上げてみると、影も同じことをした。この動力はなんだろう、と思った。朝に食べたトーストとバターの力だろうか。いや、違う。二希を動かし生かしているものはなんだろう、と思った。彼女を動かしているのは点滴だろうか、いや、違う、と芽依汰は思った。それは意志の力だ、という結論に辿り着いた。今、二希を生かし続けているものは彼女の意志なのだと思うと芽依汰に希望が湧いた。

「脳動静脈奇形といいます。通常私たちはAVMと呼んでいます。発症するまで先天性のAVMを患っているかどうかがわかり難い病気なんです。いつどういうタイミングで発症してもおかしくありません」

脳外科医が言った。その道の専門家であることが落ち着きのある声や所作から伝わってくる。患者の家族を安心させるように彼が言葉を選んで喋っているのが芽依汰と理沙にも理解できた。

「一命をとりとめることができましたが、残念ながら麻痺が残りました。でも、リハビリを通して娘さんが再び歩くことができるようになる可能性は残されています。諦めないで家族で娘さんを支えて社会復帰を目指してください」

在宅でできる今の仕事のおかげで芽依汰は二希の傍で空いた時間を利用して急ぎの仕事をこなすことができた。それ以外は自宅に戻って夜に作業を続けた。介護と仕事の間の僅かな時間に芽依汰は生きることの意味について改めて考えるようになる。自分が生かされている意味があるのなら、この子のために生きたいと思った。この子が社会復帰できるように親としてやれることをやらなければ、と誓った。

「パパ、ミミに会いたいな」

意識が戻った二希が最初に呟いた言葉であった。

ミミが病院を訪れたのは二希が倒れて一月後のことだった。「病院にみんなでお見舞いに行くよ」と言われた時、一瞬ミミの表情が曇った。普段一緒にいない両親が連れ立ってやって来てそう言ったのでミミは不安になった。それまで考えていなかった今現在の二希の状態を想像してしまった。「大きな部屋にいるの？　他の患者さんたちと一緒なの？　そこで二希は何をしているの？」純志が丁寧に説明をした。「励ましに行くんだよ。早く学校に戻れるようにならなきゃいけないでしょ?」ミミはその時はじめて二希の置かれている立場を理解することとなった。彼女が生死を彷徨ったこと、そして自力では歩くことができない身体であること、一緒にグラウンドを走れないということ、お互いの家に昔のように泊まりに行けなくなったということなどを……。

理沙と芽依汰は病院の待合室で三人を待った。日曜日の午前中であった。退院が迫っていたが、家で会うよりも広い病院の方が会いやすいだろうということになった。ミミの表情は強張っていた。ストレッチャーで運ばれる人、身体に管を付けて歩いている人、硬い表情の忙しない医師や看護師たちが大勢いるせいもあった。病室の前でミミが二の足を踏んだので、純志がその手を握り締めた。

「二希は喋ることができるの? 昔と全然違ってるの? 立てないの?」

「ベッドに寝ているけど、元気だよ。ただね、立てないから、そのことは訊かないでいい? 二希ちゃんが気にするようなことは言っちゃダメよ」

早希の言葉で、ミミの心臓が飛び出しそうになった。ミミははじめて人が死ぬということをうっすらと想像してしまった。二希のベッドは窓際にあり、カーテンで仕切られていたが、そこに入る前にミミは隣のベッドのおばあちゃんが鼻に透明の管を挿したまま寝ているのを目撃してしまう。二希のベッドに辿り着く前に彼女は恐怖のために涙ぐんでしまった。それでも笑顔で出迎えた二希を見てミミに笑顔が戻った。微笑みながらミミの目から涙が溢れ出た。二人は手を繋ぎ、再会を喜びあった。それを見ていた四人の目元も湿ってしまった。必死で笑顔を作ろうとしたが、理沙は涙を止めることができなかった。芽依汰は理沙の手をそっと握りしめた。純志は思わず目を閉じてしまった。早希はその純志の横顔を見つめた。

「お願いがあるの」

二希がか細い声で言った。

「なに？」

ミミが真っ先に返事をした。

「違う。そこにいる四人にお願い」

ミミが慌てて理沙を芽依汰を早希を純志を振り返った。

「退院したら、六人で遊園地に行こう。そして、パパとママは手を繋いで。ミミのパパとママも手を繋いでほしい。お願いします」

四人はそれぞれの顔を覗きあった。理沙は芽依汰を、芽依汰は理沙を、早希は純志を、純志は早希を、それから早希は芽依汰を、理沙は純志を、そしてミミは二希を見

つめ、

「それはとってもいいアイデアだと思う」

と賛同した。

今この瞬間生きているすべての人に起こってても不思議ではないことが死であるならば、同時に今この瞬間に存在しているすべての人に与えられているものは生であった。漂流するこの四人は二希が倒れてからそれまでとは少し違う価値観をそれぞれがそれぞれの方法で持つようになった。それがどのようなものであるのか、四人は言葉にすることができないまま、その日、遊園地で再会を果たすことになる。

ミミが「私がやる」と言って車いすを押した。だだっぴろい遊園地のひだまりの中心で六人は向かい合った。幸せそうな家族連れが行き来している中で六人はそれぞれの思いを抱えてそこにいた。二希とミミは今か今かと子供らしい興奮を持って待ち構えていた。その瞬間がもうじきやってくるのだと信じて疑っていなかった。二希の視線が芽依汰と理沙の手の間で動いた。ミミの視線も早希と純志の指先を辿った。早希の横には純志がいて、理沙の横には芽依汰がいた。それぞれがそれぞれの新しい人生を生きていたが、それぞれがそれぞれの過去を切り捨てることはもうなかった。

そして、漂流し続けた四人はその日、小さな島に上陸することとなる。

（完）

愛情漂流

2019年5月31日　初版第一刷発行

著者
辻《つじ》仁《ひと》成《なり》

装画
小野塚カホリ

デザイン
コガモデザイン

発行人
後藤明信

発行所
株式会社 竹書房
〒102-0072
東京都千代田区飯田橋2-7-3
電話03-3264-1576（代表）
http://www.takeshobo.co.jp

印刷所
凸版印刷株式会社

定価はカバーに表示してあります。
乱丁・落丁の場合には竹書房まで
お問い合わせください。

ISBN978-4-8019-1868-9 C0093

©Hitonari Tsuji 2019
Printed in Japan